courants de la philosophie ancienne

Alain Graf

Professeur au lycée Marcel-Roby
de Saint-Germain-en-Laye
Chargé de cours à l'université de Marne-la-Vallée

Seuil

COLLECTION DIRIGÉE PAR JACQUES GÉNÉREUX ET EDMOND BLANC

1. *Chronologie de l'économie mondiale.* Frédéric Teulon
2. *Chronologie de l'économie française.* Frédéric Teulon
3. *L'Économie française depuis 1945.* Frédéric Teulon
4. *Le Système monétaire international.* Frédéric Teulon
5. *Le Commerce international.* Frédéric Teulon
6. *Les Politiques économiques.* Jacques Généreux

7. *Les Grands Courants de la philosophie ancienne.* Alain Graf
8. *Les Grands Courants de la philosophie moderne.* Alain Graf
9. *Les Grandes Œuvres de la philosophie ancienne.* Thierry Gontier
10. *Les Grandes Œuvres de la philosophie moderne.* Thierry Gontier
11. *Lexique de philosophie.* Alain Graf et Christine Le Bihan

12. *La Révolution française.* Jean-Clément Martin
13. *Bilan de la Seconde Guerre mondiale.* Marc Nouschi
14. *La IVe République.* Jacques Dalloz
15. *Les Relations internationales depuis 1945.* Philippe Moreau Defarges
16. *La Construction européenne de 1945 à nos jours.* Pascal Fontaine
17. *L'Explication de documents en histoire médiévale.* Jacques Berlioz

18. *Aborder la linguistique.* Dominique Maingueneau
19. *Les Grands Courants de la critique littéraire.* Gérard Gengembre
20. *Les Termes clés de l'analyse du discours.* Dominique Maingueneau
21. *Les Termes clés de l'analyse du théâtre.* Anne Ubersfeld
22. *L'Analyse du récit.* Jean-Michel Adam et Françoise Revaz
23. *L'Argumentation.* Christian Plantin
24. *Le Comique.* Jean-Marc Defays

ISBN 2-02-022901-3
© Éditions du Seuil, février 1996

SOMMAIRE

1. L'interrogation socratique   4

2. La sagesse socratique   9

3. Le cynisme
De l'ironie au refus des valeurs sociales
ou la revendication du cosmopolitisme   15

4. Mégariques et sceptiques
De la dialectique à la logique   21

5. Les cyrénaïques
De l'eudémonisme à l'hédonisme   25

6. L'idéalisme platonicien   26

7. L'humanisme des sophistes   34

8. L'épicurisme   37

9. Le stoïcisme   43

10. L'héritage aristotélicien   52

L'INTERROGATION SOCRATIQUE

INTRODUCTION

Le premier philosophe n'a rien écrit. Son amour pour la vérité, il l'a d'abord exprimé et transmis en discutant avec ses contemporains, mû par le désir exigeant et inouï de formuler enfin les bonnes questions : celles qui produisent de bonnes réponses.

C'est avant tout à une certaine manière d'interroger qu'on a reconnu le désir proprement philosophique de savoir, à **un questionnement qui embarrassait** et provoquait la réflexion, alors même qu'on pouvait déjà se croire assez savant, en un siècle brillant où tant de maîtres (*sophos* est celui qui sait) excellaient à enseigner les techniques les plus élaborées, de celles qui permettent d'avoir réponse à tout, et triomphaient par leur extraordinaire érudition et leur aisance, à débrouiller les problèmes les plus épineux.

a. Les mauvaises réponses

En effet, à la question de savoir ce qu'ils font, les hommes compétents savent toujours répondre. Artisans, rhéteurs, hommes politiques, chacun de ceux à qui Socrate s'adresse détient bel et bien un savoir fondé sur une compétence. Ils savent tous quelque chose (fabriquer des chaussures, faire des discours, conduire une armée), et leur **savoir-faire**, toute cette science dont ils sont si fiers et qui leur confère un pouvoir, leur permet de produire les discours les plus informés et les plus convaincants.

Interrogé pour savoir ce qu'il pense, chacun peut toujours donner son **opinion**. Ces questions-là ne sont pas embarrassantes : elles ne sont pas philosophiques. On y répondra d'ailleurs avec d'autant plus d'aplomb qu'on est assuré de sa compétence et bon rhéteur.

b. Les bonnes questions

Les bonnes questions sont **celles qui démasquent les faux savoirs et dégoûtent les beaux parleurs**. Celles qui attendent de vraies réponses, c'est-à-dire des réponses vraies.

Quelles sont donc ces questions qui ne se satisfont ni de la compétence ni de l'opinion ?

Socrate dérange dans la mesure où il ne cherche pas à savoir ce que font les hommes (il ne désire pas s'informer sur les procédés réglant leur activité), ni ce qu'ils pensent (il n'enquête pas sur

1

leurs opinions), mais désire comprendre pourquoi ils font ce qu'ils font et pourquoi ils pensent ce qu'ils pensent. Autrement dit, son questionnement porte sur les **raisons** de leur activité et de leur pensée ; il s'agit de savoir au service de **quelle fin** peut être mise la compétence, et ce qui fonde et **légitime** nos opinions.

A. FONDER L'OPINION

L'opinion (en grec *doxa*), dans sa spontanéité, se donne pour ce qu'elle est : elle ne vaut qu'en tant qu'elle exprime le point de vue de celui qui l'émet. Or, Socrate ne demande pas à un tel ce qu'il pense, par exemple, de la justice ou du courage mais **ce qu'est** la justice ou le courage. Son questionnement porte sur l'essence des choses et attend une réponse universellement valable. Ses interlocuteurs doivent ainsi consentir à **dépasser le point de vue particulier de leur subjectivité**, à transcender leurs opinions de telle sorte qu'ils puissent **saisir les choses telles qu'elles sont et non plus simplement telles qu'elles leur apparaissent**.

a. Pourquoi discuter ?

L'enquête socratique suppose donc que le réel ne se confonde pas avec le visible, autrement dit la **disjonction de l'être et du paraître**. Tel est le postulat philosophique essentiel posé par Socrate. En effet, sans la présupposition qu'il existe un réel autre que celui que nous percevons de nos points de vue particuliers, quel sens pourrait bien avoir la discussion ? Pourquoi discute-t-on ? Certes, nous ne discutons que pour cette raison initiale que nous ne sommes pas d'accord. En ce sens, on peut dire que le désaccord des opinions est la cause antécédente de la discussion. Mais quel en est le but, la finalité ? Le but sera soit de faire triompher son opinion particulière sur les autres opinions particulières, soit de dépasser les points de vue toujours particuliers de l'opinion pour se placer d'un point de vue qui les subsume. Dans le premier cas, la discussion se fait **polémique**. Dans le second, elle devient **philosophique**.

b. Convertir le langage en instrument de vérité

Or, les interlocuteurs de Socrate sont passés maîtres dans l'art de faire triompher leur opinion ; rhéteurs de métier, les sophistes **savent** emporter l'adhésion de leur auditoire par des techniques éprouvées de plaidoirie. Ils sont compétents afin d'être efficaces.

Payés pour convaincre, **ils font du langage un instrument de pouvoir**.

Le tour de force du philosophe, face à des parleurs aussi expérimentés, sera de révéler, par son questionnement subversif, que leur savoir n'est qu'un savoir-faire. Les sophistes ne sont, en réalité, aussi puissants que dans la mesure où ils savent convaincre, c'est-à-dire persuader que ce qu'ils disent est vrai. Socrate les agacera avec des questions qui requièrent plus que des réponses vraisemblables. Maniant le paradoxe (étymologiquement : *para*, contre ; *doxa*, opinion), il débusquera le faux derrière l'apparence du vrai. Son génie consiste alors à provoquer la conversion du langage, simple instrument de pouvoir, **en instrument de vérité**. Or, une telle métamorphose ne s'opère pas sans peine, parce qu'il est plus facile de briller, de faire valoir son point de vue particulier, de triompher par la force de la persuasion, d'imposer son opinion que de la fonder, d'habiller son discours d'une apparence de vérité plutôt que de s'essayer, par un travail sur son propre discours, à dire le réel tel qu'il est.

c. Entreprendre un travail long, douloureux et parfois inefficace

A l'assurance du savoir-faire, Socrate oppose les incertitudes de la réflexion. A la méthode rodée de la flatterie (quel meilleur moyen de convaincre un auditoire que de le flatter, d'être démagogue ?), il veut substituer la méthode laborieuse et inédite de l'interrogation philosophique. La « maïeutique », art d'accoucher les esprits, est une saisissante et radicale procédure de mise à bas, d'arrachement. Bas les masques ! **On ne commence à penser qu'en perdant sa suffisance**, qu'en recouvrant la timidité de celui qui craint de se tromper. Or, comment renoncer à la puissance que confère l'habileté à discourir ? En montrant qu'une si épatante maîtrise ne repose en réalité sur aucun savoir ; en démasquant l'ignorance des maîtres.

B. LA COMPÉTENCE RÉDUITE AU SILENCE…

Ainsi, Socrate découvre-t-il qu'on peut très bien être passé maître dans le maniement des armes et ne pas savoir ce qu'est le courage, être expert dans l'art de persuader et ne pas savoir ce qu'est la justice. Autrement dit, de même qu'il est possible de donner son opinion sans la fonder, **on peut savoir faire** (ce qui suppose une maîtrise des moyens de son action) **sans savoir ce**

1

que l'on fait (ce qui engage la question des fins de son action). On peut faire et penser sans que cette pensée ou ce faire soient l'objet d'une réflexion. A Hippias qui prétend tout savoir, Socrate répond avec ironie qu'il sait tout, mais ne sait que cela. Ainsi, les sophistes triomphent dans l'art de parler sans connaître ce dont ils parlent. Ils parlent en effet de justice et de vertu, et prétendent, alors même qu'ils plaident pour convaincre de l'innocence ou de la culpabilité d'un accusé, qu'il n'existe pas de définition universelle de la justice, que tout dépend d'humaines conventions.

Or, si je peux « en fait » répondre à la question de savoir « ce qu'est » ce dont je parle (par exemple, la justice) relativement à mon opinion particulière, « en droit » une telle réponse n'est pas recevable. En effet, confondre ce que « sont » les choses avec ce que j'en « perçois » d'un certain point de vue revient à faire de la subjectivité le critère de la vérité. Et un tel subjectivisme conduit à un relativisme absolu : aucune opinion n'est vraie plus qu'une autre, toutes se valent. Celle qui l'emporte dans un débat n'est jamais que la plus convaincante, et pas nécessairement la plus fondée ! On voit bien là comment le **triomphe politique des démagogues** est la conséquence attendue d'un tel relativisme. L'activité politique est nécessairement vouée à l'irrationnel dès lors qu'il s'agit simplement de faire entendre sa voix.

C. ...POUR FAIRE ENTENDRE RAISON

C'est ainsi que Socrate se donne pour mission de détecter les contradictions du subjectivisme sophiste afin de **ne pas laisser le champ de l'action politique à l'irrationnel de la force et des passions**. Il s'agira donc d'abord de révéler l'absurdité logique de la thèse sophiste selon laquelle « l'homme est la mesure de toutes choses » (Protagoras). En effet, si l'individu est la mesure de toutes choses, alors il n'existe à proprement parler plus de mesure, c'est-à-dire plus de marque de la réalité et de la vérité. Si le réel se réduit à ce qu'on en saisit de son point de vue limité, alors le terme même de « connaissance » perd tout son sens. Par conséquent, celui qui s'en tient à l'opinion, aussi compétent soit-il, ne sait rien ! Il n'est qu'un bavard, aussi éloquent soit-il ! Ainsi, après que Socrate a posé ses questions portant sur l'essence des choses, ses interlocuteurs n'ont plus le choix qu'entre se taire et philosopher, c'est-à-dire supposer qu'il existe un critère universellement recevable auquel il faut que leur discours obéisse pour être tenu pour vrai. En définitive, les maîtres les plus savants sont voués au silence à moins de se faire philosophes et de postuler avec Socrate l'existence d'idées universelles, à moins de renoncer à leur glorieuse rhétorique et de **chercher à s'accorder en raison avec tout autre** plutôt que d'imposer leurs raisons. Contraints ou bien à se taire, ou bien à se plier à la rigueur du questionnement philosophique, les sophistes se trouvent dépouillés des oripeaux de leur puissance et désarmés. Le philosophe désempare ceux qui, par leur habileté magistrale, peuvent mieux que lui s'emparer des foules. Sur le terrain du dialogue, la raison opiniâtre, traquant la contradiction, fait rendre l'âme à la technique manipulatrice, prend son temps pour saper les discours les mieux huilés et les plus enlevés, alors même qu'elle serait tragiquement vaincue dans le feu du débat, dès lors qu'il s'agirait d'emporter l'urgente adhésion d'une foule.

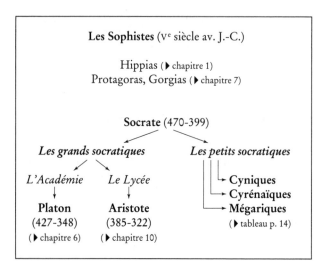

A. FONDER RATIONNELLEMENT LA MORALE

Pour débusquer l'ignorance des maîtres, il faut donc révéler l'existence d'un savoir supérieur à celui des moyens, c'est-à-dire **établir les conditions de possibilité d'une connaissance rationnelle des fins**. Le travail essentiel de Socrate consiste alors à fonder rationnellement la morale, à subordonner l'activité politique à des fins désignées comme valables pour toute raison, valables universellement.

L'entreprise philosophique qui consiste à déterminer des valeurs stables dans un domaine où pourrait s'imposer l'arbitraire du caprice est d'autant plus cruciale qu'en cette fin de Vᵉ siècle, marquée par la guerre sanglante et insensée du Péloponnèse, ses contemporains sont plutôt « démoralisés » et ne croient plus en grand-chose, pas même à la vieille sagesse athénienne dont les piètres préceptes, au regard de la situation absurde du moment, peuvent sembler tout à fait vains. « La violence du mal était telle qu'on ne savait plus que devenir […] Nul n'était retenu ni par la crainte des dieux, ni par les lois humaines » (Thucydide). C'est en ces temps incertains, qui, à bien des égards, rappellent notre époque troublée où **contrastent progrès technique et crise morale**, où les sociétés s'atomisent et les individus se dispersent dans la quête effrénée d'éphémères jouissances, que s'inscrit l'intervention philosophique de Socrate. A ses contemporains désenchantés de l'État, et dont les croyances peu à peu s'étiolent, le philosophe pose la question de savoir après quoi ils courent, ce qu'ils désirent obtenir par leur travail éperdu et leurs efforts individuels.

a. La question des fins

La discussion porte ainsi **sur les fins** et non sur les moyens de leurs actions subordonnées à cette fin. Patiemment, Socrate tente de convertir un problème technique en un problème moral. Il s'agit moins de proposer les recettes du bonheur que de définir en quoi il consiste, moins de maîtriser les moyens du Bien que d'en révéler l'essence. Il faut d'abord savoir où l'on veut aller avant de s'interroger sur les voies pour y parvenir. La question essentielle est donc bien : **Qu'est-ce que le Bien ?** Question à laquelle on ne répond pas en donnant une simple

définition. En effet, **la finalité du questionnement philosophique n'est pas de mieux parler mais de mieux faire**, en faisant table rase des opinions irréfléchies afin de se donner des
valeurs, des critères d'action.

b. L'arbitrage du concept

Or, des valeurs, s'il en est, ne peuvent être que stables, invariables
et universelles. Se contenter d'opinions particulières n'est pas
agir avec raison. En effet, les opinions, en tant qu'elles divergent,
engendrent une contradiction sur les valeurs qui a pour effet de
paralyser l'action. A la question de savoir **ce qu'il faut faire**, il est
absolument nécessaire de répondre de façon assurée, indiscutable. Par conséquent, si Socrate discute des valeurs, c'est pour ne
plus avoir à en discuter, précisément, au moment d'agir, lorsqu'il
s'agira de déterminer la règle de notre conduite. A quel arbitre en
définitive s'en remettre, si ce n'est au concept ? Or, un concept
vaut pour tout homme. Il faut donc chercher ce qui est bien pour
tout homme, et non pas simplement ce qui semble à chacun
agréable. Paradoxalement, en effet, faire de l'agréable l'étalon du
Bien, c'est prendre le risque de se nuire, tout simplement parce
qu'il est possible de trouver agréable aujourd'hui ce qui demain
rend malade ! Mais surtout, ce ne peut être qu'en déterminant ce
qui vaut **pour tous** qu'on pourra saisir ce qui vaut **pour chacun**.
Telle est la fondamentale découverte du premier philosophe :
que l'universel ne nie pas la particularité mais la subsume.

c. Induire l'universel du particulier

C'est ainsi qu'Aristote voyait en Socrate l'« inventeur génial des
raisonnements inductifs ». En effet, à la question de savoir ce
qu'est le Bien, chacun répond d'abord en donnant son opinion
particulière. Le Bien serait donc **et** ceci… **et** cela… **et encore**
cela pour un tel. Pour échapper au caractère contradictoire
d'une définition plurielle du Bien, Socrate tentera de le comprendre, au contraire, abstraction faite de ces points de vue particuliers : le Bien n'est **ni** simplement ceci **ni** simplement cela,
mais ce que ceci et cela ont en commun. Il n'est décidément pas
question de collecter, de sonder les opinions pour saisir l'Idée de
Bien, mais de s'en abstraire. Or, ce **mouvement dialectique** par
lequel je dépasse les points de vue particuliers pour m'élever jusqu'à un point de vue universel ne nie pas le particulier. En effet,
ce point de vue universel est celui de la Raison, du *logos*.
Philosopher, ce n'est donc que cela : s'éveiller à la part la plus

2

impersonnelle de mon être, et comprendre que ce qui m'est le plus propre, la raison, est en chaque homme comme en moi ce qu'il y a de plus impersonnel.

Socrate est **psychagogue**, « éveilleur » d'âme.

Ce qu'il y a en moi de meilleur est donc ce qu'il y a de meilleur en tout autre, c'est-à-dire ce qui fait mon humanité (▶ **chapitre 9, 3, B, b**).

d. Définition de la vertu

Or, pour Socrate, se demander ce qu'est **la** vertu de l'homme consiste pour chacun à chercher ce qu'il est **en tant qu'homme**. En effet, le terme d'*arétè* (qu'on traduit par vertu) désigne simplement pour un Grec la qualité propre d'une chose. Par exemple, l'*arétè* d'une épée est son tranchant ; celle d'une bonne terre, sa fertilité. Ainsi, pour un homme, développer sa vertu revient à développer sa qualité propre, celle qui permet de le distinguer des autres êtres. Voilà pourquoi **être vertueux et être raisonnable sont une même chose** : se placer du point de vue de la raison. Or, si chacun doit s'efforcer d'être vertueux, c'est que l'inné en l'homme ne se développe pas spontanément. Cela tient à la définition de notre nature comme ensemble de facultés qu'il nous revient d'actualiser. Et cette actualisation ne s'effectue que par la prise de conscience de ce que nous sommes, autrement dit de notre *arétè*.

Ainsi, savoir ce qu'est le Bien permet d'agir bien ; d'ailleurs, chercher ce qu'est le Bien, c'est déjà quitter le point de vue limité de sa subjectivité dans un mouvement d'éveil à la part la plus impersonnelle de son être. Chacun gagne en autonomie en s'affranchissant de ce qui, en lui, est le plus personnel.

L'exhortation à se connaître soi-même n'est donc pas une invitation à l'introspection. Se connaître soi-même implique seulement l'obéissance à ce qui en soi est, comme en chacun, la marque de son excellence.

B. LA FORCE DU SAVOIR

Dans la mesure où, pour connaître le Bien, il faut se placer du point de vue de la raison, le connaître c'est déjà le faire : je ne puis, en effet, exercer la part la plus haute, la plus excellente de mon être (celle qui me définit en tant qu'homme, qui constitue mon *arétè*) sans être « vertueux » au sens grec.

a. Ainsi, « nul n'est méchant volontairement »

On agit mal parce qu'on ignore en quoi consiste l'excellence de son être. D'ailleurs, à proprement parler, vouloir le mal serait une contradiction dans les termes. En effet, vouloir une chose, c'est la juger bonne. Le tyran ne se conduit pas rationnellement, parce qu'il pense qu'il est bon pour lui que triomphent ses passions. Or, **la passion ne tient sa force que d'une faiblesse du savoir** ; au contraire, dès lors que je connais le Bien, s'exerce en moi la raison, s'actualise ma vertu, puisqu'il faut que ma raison s'exerce pour connaître le Bien. Par conséquent, on ne convaincra jamais personne de l'extérieur qu'il agit mal : toute prescription est vaine puisqu'on ne veut jamais que ce qu'on pense être son bien. Socrate n'est donc ni un maître à penser, ni un donneur de leçon, mais bien un psychagogue qui, par son questionnement, cherche à éveiller ses interlocuteurs à leur propre raison. Si le tyran agit mal, c'est qu'il croit qu'il est mieux d'agir ainsi : il ignore, en vérité, son excellence ; et cette ignorance, en définitive, le rend malheureux. A la faiblesse de son savoir correspond la médiocrité et la précarité des biens qu'il vise. Sa quête effrénée des richesses et des honneurs est pour lui l'occasion de constants soucis : il veut jouir de ce qu'il peut craindre à tout moment de perdre (▶ **chapitre 3**). Le philosophe, au contraire, sait qu'il ne dépend que de lui, et non du hasard des circonstances, d'être vertueux, d'exercer sa raison. Il est véritablement seul « **maître de soi** » et tout à fait libre.

b. La maîtrise de soi

Au moment de mourir, alors qu'il vient d'être condamné injustement, Socrate manifeste encore son **enkrateia** (maîtrise de soi) : à sa femme, Xanthippe, qui lui reproche de s'être laissé injustement condamner, il répond avec la puissante ironie de celui qui sait sa liberté inaliénable : « Aurais-tu préféré que ce fût justement ? » La force de son savoir lui donne encore la force de mourir, parce qu'il pense sa mort plutôt que de la vivre.

La maîtrise philosophique est donc bien moins un pouvoir sur les autres qu'un ramassement de l'âme en elle-même. Par ce « dialogue intérieur et silencieux de l'âme avec elle-même » qu'est la pensée, chacun, à l'instar de Socrate, peut espérer échapper au tumulte étourdissant du monde. Il faut être maître de soi pour être libre des autres.

C. TELS FILS, TEL PÈRE

La philosophie s'est donc incarnée dans la **figure emblématique**
de Socrate avant de s'écrire. Or, si Socrate prétend n'avoir jamais
donné de leçons à personne et n'avoir jamais eu un seul disciple
(contrairement aux sophistes), s'il ne s'est jamais reconnu de fils,
les philosophes qui lui succèdent l'ont reconnu comme père.
Socrate mort, chacun verra le père à son image. **C'est ainsi que
d'une même source surgissent dès l'origine différents courants philosophiques.**

a. Richesse de la filiation

On distingue traditionnellement parmi les postsocratiques les
grands socratiques (Platon, qui fonde l'Académie, et Aristote,
ancien élève de Platon, qui fonde le Lycée) et les petits socratiques. Or, cette dernière désignation est, en réalité, péjorative.
Ainsi déplore-t-on le plus souvent que les petits socratiques
aient faussé le message de Socrate. Une telle accusation est-elle
légitime, dans la mesure où le Socrate des dialogues écrits
par Platon ne semble pas davantage toujours coïncider avec
le Socrate historique (▶ **chapitre 6**)? Comme le rappelle
Aristote, le Socrate vivant semblait limiter son interrogation à
l'éthique, alors que Platon est d'abord l'auteur d'une **théorie
des idées exposée par Socrate, devenu personnage d'un nou-
veau genre littéraire appelé « discours socratique ».** De même,
derrière les interlocuteurs de Socrate, personnage de fiction, se
profilent parfois les adversaires historiques de **Platon lui-
même.** Par conséquent, il faut admettre que la philosophie
trouve en Socrate plusieurs pères : de même qu'il existe plusieurs
Socrate, il existe plusieurs philosophies.
Pour comprendre que cette pluralité est une richesse et non pas
une limite de la philosophie, finalement déchirée en doctrines
contradictoires, il convient d'emblée de ne pas fausser le message des petits socratiques en prétendant qu'il fausse celui de
Socrate. Une telle simplification ne permettrait pas, en effet, de
rendre compte de **la fertilité de la filiation philosophique.**

b. Des penseurs qu'on appelle « petits »

On compte parmi eux les **cyniques**, les **cyrénaïques** et les **mégariques.** Ils sont surtout petits par la maigreur des témoignages les
concernant, en comparaison de l'œuvre immense laissée à
la postérité par Platon ou Aristote. En effet, Antisthène, intime
de Socrate, dont l'autorité morale inspira les cyniques, fut un

de ses plus remarquables disciples. De même, Aristippe de Cyrène, fondateur de l'école de Cyrène, dont l'œuvre a disparu, semble avoir été un brillant humaniste (mot qu'il pourrait d'ailleurs avoir inventé), à qui la philosophie aurait donné le « pouvoir de s'entretenir librement avec tout le monde ». Quant aux mégariques, il faudra voir en eux les pionniers géniaux d'une logique des propositions plutôt que des disciples qui auraient faussé le sens du doute socratique en le poussant dans ses derniers retranchements.

Il est d'autant plus important de restituer le sens de ces trois écoles qu'elles trouveront au IIIᵉ siècle avant J.-C. un prolongement dans le **stoïcisme**, l'**épicurisme** et le **scepticisme**.

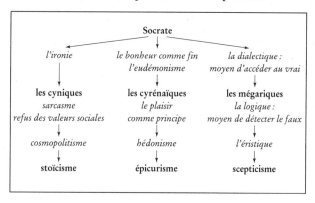

Explication

L'ironie et l'indépendance socratiques à l'égard des pouvoirs et des biens matériels sont portées à leur comble par les cyniques, qui font du cosmopolitisme la figure même de la liberté. Il convient d'abord d'éviter le contresens qui consiste à interpréter leur injonction à l'autarcie comme une simple invitation au repli sur soi-même. A cet égard, Diogène le Cynique dans son tonneau a trop longtemps été considéré comme le symbole de ce repliement. Le refus des valeurs sociales ouvre, au contraire, au cosmopolitisme.

L'eudémonisme (recherche du bonheur) socratique prend, avec les cyrénaïques, la forme d'un hédonisme qui fait du plaisir la maxime de l'action.

La dialectique devient formelle avec les mégariques. Ils passent maîtres dans l'art de nouer et de dénouer des problèmes logiques.

A. QUI SONT LES CYNIQUES ?

a. Des provocateurs ?

Les cyniques sont des philosophes de l'Antiquité grecque (V^e et IVe siècles av. J.-C.) qui ont laissé peu de textes. C'est par cette première caractéristique qu'on reconnaît en eux des disciples de Socrate, « celui qui n'écrit pas » (Nietzsche). Ils sont, en effet, **d'abord philosophes dans leur pratique**, qui exprime une conception uniforme de la vie. Héritant l'ironie de leur maître psychagogue, ils font de la dérision un art de vivre.

Or, l'ironie restait pour Socrate un simple instrument intellectuel, une manière de mettre son interlocuteur en contradiction avec lui-même, de débusquer ses préjugés pour l'éveiller à la conscience d'un manque de connaissance, engendrant un véritable désir de savoir. Ignorer son ignorance, savoir son ignorance, ignorer son savoir, savoir son savoir : telles sont les étapes dialectiques dont l'ironie socratique est le moteur. Au contraire, avec les cyniques, l'ironie cesse d'exprimer simplement une soif de connaissance pour devenir **sarcasme**, **provocation**, quête du scandale, contestation. Il s'agit désormais de heurter le conformisme ambiant et de démystifier les valeurs sociales.

b. Se moquer des conventions

Si le terme même de « cynique », passé dans le vocabulaire courant, signifie aujourd'hui impudence et immoralité, le cynisme grec est au contraire un **moralisme déçu**. En effet, si le cynisme ancien est provocateur, c'est faute de trouver parmi les hommes témoignage de leurs exigences. Se moquer des hommes n'est pas ici les haïr, mais tourner en dérision leur culture, refuser toute crédibilité aux comportements humains qui camouflent la véritable nature des hommes. Ce n'est pas l'homme en sa nature qu'ils méprisent (ils ne sont pas misanthropes), mais l'homme convenu. Leur projet est de dénoncer les valeurs culturelles comme de pseudo-valeurs, des valeurs arbitraires qui introduisent des différences entre les hommes, qui engendrent la xénophobie et font oublier à l'homme social **l'universalité de la nature humaine**, les vraies valeurs de la morale sur lesquelles tous les hommes pourraient s'accorder. L'insolence n'est pas une fin en soi : elle exprime plutôt leur volonté de **créer une contre-culture**.

B. L'ATTITUDE CYNIQUE (L'IRONIE CONVERTIE EN SARCASME)

a. Refuser les faux biens

Diogène se promenait en plein jour une lanterne à la main, adressant à ceux qu'il croisait cette seule question : « Où est l'homme ? Je cherche l'homme. » Ainsi, par cette paradoxale attitude, Diogène voulait manifester que l'homme s'était perdu en s'oubliant dans les valeurs du monde. Au contraire, le cynique, lui, est homme, s'étant libéré des chaînes qui font les esclaves. Comment ? en refusant toutes les conventions sociales, même les interdits fondamentaux : en menant une vie de chien (*kunos*, en grec) afin de révéler la véritable nature de l'homme, une fois **dépouillée des artifices culturels qui la recouvrent et la défigurent.**

Le message cynique s'incarne dans le refus des valeurs sociales :

● **choix de la pauvreté** : la richesse de Diogène se limitait à une besace, et sa maison à un tonneau ;

● **refus des interdits fondamentaux** : Diogène, en se masturbant en public, met en question la fausse pudeur ;

● **refus d'occuper toute place dans la société** ;

● **refus de la théorie et triomphe de la pratique** : le fait est supérieur au discours. « On posait à un des cyniques une objection à l'encontre du mouvement : sans rien répondre, il se leva et se mit à marcher, démontrant ainsi par les faits et l'évidence que le mouvement peut vraiment exister (Sextus Empiricus, *Hypotyposes pyrrhoniennes*, III, 66).

b. Se moquer de la philosophie, c'est vraiment philosopher

Platon définit Diogène comme « un Socrate devenu fou », c'est-à-dire comme un Socrate incontrôlable dont l'ironie serait devenue dévastatrice. Cette perfide formule se retournera contre Platon lui-même, à qui Diogène répondit par cette question abrupte : « De quelle utilité est pour nous un homme [Platon] qui, bien que pratiquant la philosophie depuis longtemps, se trouve n'avoir dérangé personne ? »

On peut donc dire que le cynisme, lui, dérange dans la mesure où il est foncièrement philosophique, et reprendre à son propos cette célèbre pensée de Pascal : « Se moquer de la philosophie, c'est vraiment philosopher. » Il s'agit d'abandonner le faux sérieux des spéculateurs abstraits pour mener une vie vraiment philosophique au mépris des valeurs prisées par l'opinion.

C. UNE MORALE DE L'APATHIE

3

La sagesse consiste alors à s'épargner toute illusion afin de s'assurer une existence heureuse. Or, l'illusion première est l'illusion sur soi-même, qui détourne l'homme de la nature et qui se manifeste sous deux formes : la **métaphysique**, qui conduit l'homme à réfléchir sur des questions sans réponse, et la **vie sociale**, qui produit de faux biens. L'homme, artisan de son malheur, peut donc faire son bonheur en renonçant aux vains désirs qui l'animent.

a. L'autosuffisance

L'apathie consiste à ne plus subir ce qu'on peut ne plus subir ; elle s'obtient par l'art de se suffire à soi-même. C'est pourquoi l'**autarcie** est la condition du bonheur. Choix de la frugalité, pratique de la diète : l'hédonisme cynique consiste à trouver le plaisir dans le simple assouvissement du besoin, à s'épargner le manque en s'affranchissant du désir. Antisthène, par exemple, déclare que pour éprouver une jouissance sexuelle « la première venue lui suffit ». La sexualité animale devient alors le modèle de la sexualité humaine. La vraie richesse réside dans cette plénitude, cette absence de manque dans la satisfaction des besoins, qui rend libre. De même Diogène fait l'éloge de la masturbation comme expression de l'autarcie absolue.

Là encore, le cynisme apparaît comme une philosophie paradoxale qui procède à un renversement total des valeurs. Celui qui ne possède rien est plus riche que le riche qui désire en avoir davantage et craint de perdre ce qu'il a. C'est pourquoi le philosophe-mendiant ne demande pas la charité mais réclame son dû : comme l'animal « se sert » dans la nature pour assouvir ses besoins immédiats, le cynique prend sans remercier. Il s'agit donc d'ensauvager la vie, de faire de l'animalité une référence, et de fuir d'abord le plaisir social et ses ruses. **Le cynique devient un anti-Prométhée.**

b. L'ascèse

Cependant reste encore la souffrance qu'il faut combattre en réprimant le sentiment qui la fait trouver pénible.

On peut distinguer deux sortes de malheurs : ceux imposés par la nature et les coups de la fortune. D'une part, **la maladie et la mort sont notre destin**. Notre corps, voué à une dégradation inexorable, est misérable : notre seule grandeur consiste à ne pas en faire le lieu de vains espoirs. D'autre part, **chacun se trouve**

soumis aux vicissitudes de la chance. Il s'agit donc de toujours
s'attendre au pire pour y réagir avec un mépris souverain. Sage
est celui qui ne se laisse pas affecter par ce qui ne dépend pas de
lui (▶ **chapitre 9, 3**). Il se moque de la mort comme de sa jambe
boiteuse. La méthode cynique est alors préventive. Il s'agit de
s'entraîner dans le présent afin d'anéantir la dimension de la surprise, de s'imposer des **exercices** qui accroissent la maîtrise de
soi-même. La santé de l'âme repose ici sur une ascèse corporelle :
c'est en augmentant l'indépendance du corps que s'entraîne la
volonté. La méthode consiste à utiliser la souffrance (puisqu'on
ne peut toujours l'éviter) contre elle-même. A la portée de tous,
elle ne suppose pas d'exercices spirituels (tels qu'en préconise le
christianisme), mais seulement des exercices qui, habituant le
corps à la vie rude, permettent à l'âme de devenir apathique. Il
s'agit de **se fortifier** : se rouler l'été dans le sable brûlant,
étreindre en plein hiver les statues enneigées !

● Le naturalisme cynique s'oppose donc bien à l'intellectualisme du Socrate-philosophe mis en scène par Platon qui définit la vertu comme connaissance (▶ **chapitre 2, A, d**). Ce n'est
plus dans la sagesse de l'âme que réside la bonne santé du corps.
La volonté relègue même la raison au second plan : le modèle
moral est **Héraclès** et non plus Socrate. Le discours compte
moins que le témoignage de l'exemple. C'est en allant à l'excès
(contrairement à ce qu'enseigne Platon), en perdant toute mesure
dans sa façon de vivre (*hybris*), qu'on fait triompher la vertu.

D. LE COSMOPOLITISME CYNIQUE

Si la fonction de l'ascèse est de retrouver l'homme en soi derrière
l'homme social, elle constitue une **expérience de l'humain, abstraction faite des différences culturelles**. L'humain est partout
le même.

Ainsi, l'attitude des cyniques exprime une philosophie politique
cohérente. Ils se revendiquent **a-polis**, sans cité ; **a-oikos**, sans
maison ; **kosmopolitès**, citoyen du monde. Or, déjà dans la cité
le cynique est en exil puisque sa patrie est la terre entière : il est
partout chez lui puisqu'il n'est chez lui nulle part. Par cet arrachement à toute appartenance s'exprime la véritable liberté. Le
nomadisme philosophique du cynique consiste à ne reconnaître
qu'une seule loi : celle de la nature. Dans un livre appelé
République, Diogène décrit une communauté utopique, obéis-

sant à la seule norme de la nature, la même pour tous. Un refus aussi radical des lois arbitraires (culturelles) au nom de l'homme naturel, universel, caché derrière l'homme social, semble annoncer à bien des égards l'esprit libre des Lumières (▶ **mémo n° 8**, opposition droit naturel – de tous – et droit positif – arbitrairement posé, établi par convention).

CONCLUSION

Le cynisme est **une philosophie de l'homme libre,** qui peut à chaque instant changer sa vie, être l'auteur de lui-même. Ainsi, l'homme naturel qui constitue l'idéal du sage est moins l'homme de la nature que l'homme de l'homme, l'effet de sa liberté. C'est pourquoi le cynique, ne reconnaissant pas d'autre pouvoir sur lui-même que celui de sa propre volonté, **n'attribue à la Providence aucune fonction**. Le devenir des hommes est entre leurs mains : il leur revient d'être heureux sur terre et de s'épargner la peur d'un arrière-monde. Pour autant, les cyniques ne sont pas des militants athées qui chercheraient à convaincre leurs contemporains de l'inexistence des dieux. Diogène, par exemple, est **agnostique** : confiant dans la capacité de l'homme au bonheur, il veut **réduire, autant que possible, les occasions d'illusions et d'angoisses**. La solitude de l'homme sans dieu est préférable à la déréliction : à moi de décider ce que je dois être, de me choisir en choisissant ma nature. Voilà comment **le désenchantement du monde ne conduit pas ici au désespoir,** mais invite plutôt chaque homme à **se ressaisir** pour satisfaire à la rigoureuse exigence de ne dépendre que de soi.

Influence du cynisme

● **Sous l'Empire romain**

Il est devenu une philosophie très populaire, rencontre un grand succès parmi les pauvres, les artisans, les esclaves, les thêtes. Il semble alors atteindre l'objectif qui avait été au cœur de la pratique socratique : constituer une philosophie vivante, accessible à tous, et qui suppose davantage une révolution intérieure que l'acquisition de vains savoirs.

Un cynisme cultivé, s'opposant aux oracles et sacrifiant à l'écriture, fit aussi son apparition. Son extension fut considérable : Rome, l'Asie (on rencontre encore aujourd'hui en Inde dans certaines sectes des survivances de l'ascèse cynique), la Syrie, Constantinople. Bien que le christianisme apparaisse alors, exprimant une même exigence de pauvreté, cynisme et christianisme néanmoins s'opposent radicalement dans la mesure, entre autres, où les chrétiens ne reconnaissent d'autres vérités que révélées et promettent moins le bonheur terrestre que le royaume de Dieu.

● **A l'époque moderne**

Si, pour Montaigne, Diogène reste le modèle de l'homme libre, tenant perpétuellement sa vertu en haleine et en exercice, c'est surtout à l'époque des Lumières que l'esprit de la Révolution se retrouve dans un **Diogène citoyen du monde**. Le motif du « **sol comme entrave** » est repris et théorisé. De même la critique à l'égard de la tradition et de la richesse.

Rousseau, surtout, reprend l'opposition de l'homme opaque de la civilisation corrompue et de l'homme qui se manifeste tel qu'il est, dans la transparente sincérité de sa nature : la fausse pudeur et la politesse apparaissent chez lui comme l'expression même de la grimace sociale. Rousseau ne prétend-il pas se livrer dans *Les Confessions* à cet exercice (préconisé par Diogène) qui consiste à se reprocher à soi-même ce qu'on reproche aux autres ? Ne prétend-il pas tout dire et tout montrer ? Sa franchise, ses réflexions sur la nature humaine, son indépendance à l'égard des pouvoirs, son exil, son nomadisme, ses provocations ont pu rappeler les pratiques et l'enseignement essentiel du cynisme, si bien que Voltaire ira jusqu'à traiter Rousseau de « Diogène sans lanterne » (de Diogène aveugle), ou de « bâtard du chien Diogène » !

Comme le souligne Hegel, le mérite revient à Diderot d'avoir su mettre en scène les contradictions internes du cynisme dans *Le Neveu de Rameau*. En effet, Moi (qui prône l'ascèse et la vertu) **et** Lui (parasite qui méprise les valeurs sociales et mène une vie de bohème) sont moins deux personnages distincts que la double face du cynique : sage **et** provocateur.

Les mégariques reprennent à Socrate la méthode dialectique. Par induction, montrant que la juste définition des choses dont on parle ne pouvait se réduire **ni** à telle opinion **ni** à telle autre spontanément émise, Socrate cherchait à instaurer les conditions d'un discours universellement recevable, fondé (▶ **chapitre 2, A, c**). Or, si Euclide de Mégare, fondateur de l'école, semble être resté sensible à la finalité éthique de l'art du dialogue, ses successeurs **travailleront essentiellement à perfectionner les moyens d'invalider une opinion**. L'art de détecter les contradictions d'un discours devient peu à peu lui-même une fin en soi, et se constitue de ce fait progressivement comme science. C'est ainsi que Zénon d'Élée invente le raisonnement par l'absurde dont ils font grand usage. **S'appliquant à réfuter plus qu'à fonder,** ils excellent à s'emparer des conclusions de leurs interlocuteurs pour en tirer des conséquences logiquement intenables. Les mégariques sont donc appelés communément les « dialecticiens », sans plus, ou les « **éristiques** », (l'éristique désigne l'art de la controverse), les disputeurs. Quand on voudra qualifier péjorativement la maîtrise acquise par les mégariques dans l'art d'embarrasser l'adversaire, on insistera davantage sur la **rage de disputer** qui les caractérise que sur l'**exigence de rectitude logique** qui les anime. En revanche, si l'on veut bien leur rendre l'hommage qu'ils méritent, il faudrait évoquer leur sagacité plutôt que leur personnalité querelleuse.

A. DE L'ART SOCRATIQUE DU DIALOGUE À LA DISCIPLINE FORMELLE

Au IVᵉ siècle, l'école de Mégare entreprend la **conversion de l'art socratique en science formelle**. Cette « désocratisation » s'opère dès lors qu'à la question de savoir *ce qu'est* une chose (question ontologique) se substitue la question de savoir comment peut être réfutée une affirmation (question logique). Surtout, alors que le problème que se posera un disciple de Platon sera de distinguer ce qui appartient en propre à un être de ce qui lui appartient accidentellement (▶ **chapitre 6**), pour les mégariques le problème sera de découvrir les failles éventuelles d'un énoncé pris en bloc. Il ne s'agit plus de se demander : « A appartient-il à B ? », mais à quelles conditions les propositions qui composent un raisonnement peuvent s'enchaîner de façon valide. Se substitue donc ici à une logique qui porte sur les rapports entre les termes une **véritable logique des propositions**. Les éristiques insistent sur la rigueur des raisonnements et se défient de ce qu'on peut dire de l'Être. Peut-on d'ailleurs aller plus loin que l'affirmation de l'identité A = A ? Semblent se prolonger ici les discussions des temps présocratiques. **Parménide** (env. 540-450), dont la pensée se résumait en une double tautologie (« Seul l'être est, et le non-être n'est pas »), constitue bien pour les mégariques une référence indépassable. Il faudra donc **renoncer à tenir un discours sur l'Être pour travailler exclusivement à tenir un discours cohérent**. C'est ainsi que la question socratique des valeurs est abandonnée, faute d'assurance, et que les mégariques explorent simplement les conditions de validité formelle du discours.

B. DE LA SUSPICION LOGIQUE AU DOUTE SCEPTIQUE

Parce que le seul critère de vérité retenu est la cohérence, les mégariques sont les premiers grands logiciens. Robert Blanché a montré dans *La Logique et son histoire* comment Diodore le Mégarique annonce le logicien contemporain Lewis, et comment son élève Philon annonce le travail de Russell.

Parce que la plénitude et l'unité de l'Être ne se peuvent définir qu'en affirmant qu'« il est », un point c'est tout, et que toute attribution est suspecte, les mégariques annoncent **ces philosophes qui n'affirmaient rien** : les sceptiques.

Pour eux, le monde reste une énigme.

a. Sagesse pyrrhonienne

Le fondateur de l'école sceptique est Pyrrhon (365-275), contemporain d'Aristote. Avec les pyrrhoniens (nom donné à ses disciples à travers les âges), la vertu philosophique qui consiste à se défier des berlues prend un tour systématique. Toutefois **cette défiance** que manifestaient déjà les mégariques **devient avec Pyrrhon sagesse**. En effet, le non-discours, conséquence ultime du scepticisme, réduit à néant toute différence entre les choses, et cette indifférence tarit la source de tous nos malheurs. Il s'agit pour Pyrrhon d'abord de montrer qu'il n'existe pas simplement une opposition entre l'apparence qui peut être trompeuse et l'Être véritable, mais qu'à proprement parler il n'y a qu'une apparence universelle. L'apparence n'est pas apparence de quelque chose puisqu'il n'y a rien derrière elle. Et puisque l'Être n'est qu'un vain mot, de lui nous ne pouvons rien dire. Alors, toute tentative pour fonder **une science de l'être en tant qu'être** (ontologie) est vaine, et toute métaphysique stérile et désespérée. C'est donc sagesse de suspendre son jugement, plutôt que d'affirmer ce dont on peut craindre le démenti. L'aphasie (absence de langage) et l'ataraxie (absence de troubles) sont notre seul refuge. Il ne s'agit pas de rester muet, mais de remarquer que le langage ne doit pas signifier ceci plutôt que cela, et de savoir pratiquer à l'égard de son propre discours une **ironie** constante et salvatrice.

b. Les cinq tropes

On peut regrouper les arguments de Pyrrhon sous cinq titres, ou tropes.

1. La contradiction des opinions. Les opinions sont contingentes : on peut toujours penser à propos d'une même chose le contraire de ce qu'un autre pense. Le réel est changement, apparence pure.

2. La régression à l'infini. Si la vérité existe, elle ne peut être acceptée sans preuve dans la mesure où il n'y a pas de marque du vrai pareille à celle qu'on imprime sur le corps des esclaves, et qui permet de les reconnaître quand ils sont en fuite. Or, si j'apporte une preuve, le sceptique ne l'acceptera que si je prouve ma preuve ; et cette dernière aura besoin d'une autre preuve à l'infini. Ainsi, pour prouver la moindre chose, il faudrait tout prouver. Pour connaître un seul objet, encore faudrait-il connaître son rapport à l'ensemble de l'univers. En fait, nous ne connaissons rien du tout.

3. La nécessité d'accepter des postulats invérifiables. Dans l'impuissance où nous sommes de remonter de preuve en preuve à l'infini, nous restons contraints d'accepter sans démonstration un point de départ qui est une simple supposition. La vérité n'est jamais garantie.

4. Le diallèle. On ne peut raisonner sans éviter les cercles vicieux. Ainsi, je démontre que A est vrai en supposant que B est vrai, et je démontre que B est vrai en démontrant que A est vrai. Je tombe toujours dans un cercle dans la mesure où je démontre toujours les unes par les autres des propositions dont aucune n'est fondée *a priori*. Exemple du cercle vicieux (diallèle) par excellence : pour prouver la valeur de ma raison, il faut que je raisonne, donc que je me serve précisément de cette raison dont la valeur est en question.

5. Toute opinion est relative. Ni nos sensations ni nos jugements ne sont en mesure de dire le vrai, ni d'ailleurs le faux. Je peux toujours soutenir que le miel que je goûte **m'apparaît** doux, mais rien ne permet d'affirmer qu'il **l'est**. Les sensations ne me font pas saisir l'être vrai du miel. Ainsi, tout jugement porté sur l'être des choses est imprudent ; ni la connaissance intellective ni la connaissance sensible ne sauraient prétendre à l'absolue certitude. Dans l'ignorance du bien, on ne peut donc jamais que « *faire pour le mieux* » dans une vie où il s'agit de trouver un certain équilibre, malgré l'incertitude où nous sommes du bien fondé de nos valeurs. Considérant la variété des mœurs et la fragilité de toute conviction, le plus sage semble alors de *suivre la coutume*, autrement dit de faire comme tout le monde : chacun en sait bien assez pour vivre au jour le jour. Par conséquent, le bonheur est à notre portée à condition de ne pas nous tourmenter en vain et de savoir nous taire quand la discussion ne mène à rien.

On raconte que Pyrrhon, lors d'un périlleux voyage en mer, alors que les passagers décomposés s'inquiétaient de leur sort, s'était exclamé, à la vue d'un petit cochon qui mangeait comme si de rien n'était : « Voilà la tranquillité qu'il faut acquérir ! » Et en effet, de même qu'*il montre de la circonspection dans sa façon de penser* et recommande devant toute proposition d'y regarder à deux fois avant d'y donner son assentiment (sceptique vient du grec *skeptesthai*, examiner de près), de même *il fait preuve de retenue et de détachement*, autant qu'il est possible, dans sa façon de vivre. **Ennemis toujours de la démesure**, les sceptiques sont bien des philosophes grecs.

Si le scepticisme peut trouver sa limite dans le renoncement à tout usage de la raison, voire à l'usage légitime de la parole, sa vertu essentielle est de rappeler d'une part qu'**on ne pense pas au-dessus de l'humaine condition**, et d'autre part que *l'abstention*, ou plus radicalement *la suspension du jugement*, dès lors qu'elle ne confine pas à la démission, relève souvent dans les affaires courantes du simple bon sens qu'une raison trop orgueilleuse peut toujours corrompre.

a. Aristippe, le fondateur

C'est essentiellement pour trouver un **remède contre les maux de l'âme** qu'Aristippe de Cyrène, dès son plus jeune âge, quitte le foyer familial pour rejoindre Socrate. Du maître, il apprend qu'il convient de vivre « en vue du meilleur », et de ne pas se laisser distraire et abîmer par de faux biens. Ainsi Aristippe tentera-t-il de dégager les principes d'une activité normée en vue de développer l'excellence humaine. En ce sens, il est bel et bien l'**héritier de l'humanisme socratique**. Cependant, en affirmant l'identité du Bien et du plaisir, il semble être l'**inspirateur de l'hédonisme épicurien**.

b. Les deux thèses cyrénaïques

On attribue aux cyrénaïques deux thèses, d'ailleurs analogues :
● **Le plaisir est le principe de notre action** (le bonheur n'étant plus que la somme des plaisirs particuliers).
● **Les affections sont le seul critère fiable :** « Elles seules sont infaillibles. Car le fait que nous éprouvions du blanc ou de la douceur, il est possible de le dire de façon infaillible et irréfutable. En revanche, il est impossible d'affirmer que ce qui produit l'affection est blanc ou doux… » Les cyrénaïques développent ainsi un **sensualisme sceptique** qui permet à cet égard de rapprocher leurs thèses plutôt de celles de Protagoras que de celles de Socrate (▶ **chapitre 7**).

c. Filiation hédoniste

Les cyrénaïques sont à l'origine de la filiation hédoniste dont Épicure fut le théoricien majeur. C'est en 306 av. J.-C. que ce philosophe achète un jardin à Athènes où il s'installe avec ses amis pour y fonder une communauté heureuse, à l'écart des agitations mondaines. Et en effet, l'**école épicurienne** sera pour l'essentiel une école de la félicité où tout savoir est subordonné à la seule fin digne d'efforts : être heureux. (▶ **chapitre 8**).

L'IDÉALISME PLATONICIEN

Le plus grand des socratiques est Platon (428-347). Cet aristo-
crate cultivé devint à vingt ans l'élève de Socrate dont il suivit
l'enseignement pendant huit ans, jusqu'à la mort du maître,
« l'homme le plus sage et le plus juste de son temps », dont il fut
témoin et qu'il narre dans *L'Apologie de Socrate*. Il consacre sa
vie entière à la philosophie et fonde à Athènes l'**Académie**, où
s'expose sa pensée. Il publie une œuvre considérable, composée
essentiellement de dialogues (au nombre de trente-cinq !) relatant
l'enseignement de Socrate. C'est avec Platon que Socrate-le-sage
devient pour la postérité Socrate-le-philosophe. **Ainsi, dans la
mesure où Platon est à l'origine du Socrate philosophe, il est
aussi le vrai père de la tradition philosophique occidentale.**
C'est en posant le premier le problème du fondement de la
connaissance à partir d'une double opposition : celle de l'opinion et de l'Idée, et celle de la sensation et de la Science, que
Platon inaugure une manière de penser dualiste qui **sépare
nettement le sensible** (ce qui nous est donné de saisir immé-
diatement par les sens) **de l'intelligible** (ce que nous pouvons
comprendre par la médiation de la raison, du *logos*). Cette rupture entre les deux domaines est le postulat essentiel d'une
tradition philosophique qu'on appelle **idéaliste**.

1. IDÉALISME CONTRE SUBJECTIVISME

A. LA CONNAISSANCE N'EST PAS L'OPINION

L'opinion est incertaine, multiple et contradictoire. Il s'agit donc
de **dépasser** les oppositions et les contradictions de l'opinion par
la raison afin de parvenir à la connaissance véritable et réelle des
choses. Par exemple, pour savoir **ce qu'est** la vertu, il ne suffit pas
de donner des exemples de vertu (courage, modération…), mais
il faut définir la vertu en elle-même. Ainsi, Platon emprunte à
Socrate la **méthode dialectique** : le dialogue permet d'accéder à
l'Idée par dépassement des opinions (▶ **chapitre 1**).
Or, pour critiquer efficacement l'opinion, il faut détruire son
fondement qui est la sensation. En effet, l'opinion ne saisit
jamais rien que du point de vue sensible de la subjectivité. Tout
le travail de Platon consiste alors à montrer :

1. que ce point de vue est particulier, donc faux ;
2. qu'il existe **au-delà** de la multitude des opinions un point de vue universel, qui est celui de la Raison.

Il s'agit donc d'abord de prouver que la sensation ne peut être le fondement de la connaissance, et ensuite, pour ne pas tomber dans le scepticisme qui consiste à croire qu'il n'existe que des points de vue limités sur le réel (donc jamais de critère fiable du vrai), de dégager les marques du vrai.

B. LA SENSATION N'EST PAS LE FONDEMENT DE LA CONNAISSANCE

Platon poursuit la lutte engagée par Socrate contre la sophistique. C'est à Platon qu'on doit la réfutation magistrale de la thèse de Protagoras (▶ **chapitres 1 et 7**). Tenir la sensation pour infaillible, la considérer comme science, revient à identifier l'être et l'apparence : par exemple, le vent lui-même et le vent tel qu'il m'apparaît à moi, individu singulier. Une telle identification rend impossible la vérité. En effet, approuver la thèse sophistique implique qu'on ne puisse rien désigner de façon univoque. Le vent, par exemple, sera froid pour l'un, chaud pour l'autre. Ainsi, l'être réduit à la sensation se dissout dans la multiplicité des apparences : tout bouge sans cesse, tout change. On ne peut jamais dire ce que cet être **est** puisqu'il sera et ne sera pas en même temps : la pluralité de ses manifestations sensibles empêche de le référer à une stabilité qui constituerait son essence. En conséquence, les choses resteraient prises dans le **devenir**, c'est-à-dire dans la succession des apparences, puisqu'elles apparaîtraient chaque fois différentes selon le sujet qui les perçoit. Or, on appelle **subjectif** ce qui se rapporte au sujet en tant qu'il connaît ; et **objectif**, ce qui existe hors de notre esprit et indépendamment de la connaissance qu'en a le sujet pensant : autrement dit, ce qui est valable pour tout esprit. Ainsi la thèse de Protagoras selon laquelle « l'homme est la mesure de toutes choses ; pour celles qui sont, de leur existence ; pour celles qui ne sont pas, de leur inexistence » peut être qualifiée de **subjectiviste dans la mesure où elle affirme que seuls les phénomènes représentés aux hommes existent, et que ceux qui ne sont représentés à aucun n'existent pas**.

Platon ne peut donc dégager les conditions d'une quelconque **objectivité** qu'en opérant contre les sophistes la disjonction ferme de l'être et du paraître. Pour supposer que les choses puissent exister en elles-mêmes, objectivement, il ne faut plus dire des choses que « telles elles te paraissent, telles elles te sont ».

C. RATIONALISME CONTRE EMPIRISME

Or, la thèse contre laquelle Platon s'insurge, et qu'il réfère à Protagoras, c'est l'empirisme : thèse selon laquelle la connaissance humaine dérive tout entière de l'expérience sensible. Au contraire, le platonisme est un rationalisme dans la mesure où il postule l'indépendance de la raison vis-à-vis de l'expérience sensible.

Alors que **l'empirisme identifie monde sensible et monde réel**, Platon les disjoint. Cette confusion est pour Platon absurde, car comment appeler réel ce qui **change sans cesse** ? Cet empirisme est, en effet, contradictoire dans les termes, puisqu'il revient à accorder de l'être à ce qui **n'est pas**. On ne peut logiquement soutenir que rien n'est, ou que tout devient. **Par réalité, il faut donc au contraire entendre l'être stable des choses qui s'oppose à leur devenir constant.** En effet, que peut-on qualifier de réel ? Qu'est-ce qui demeure toujours identique à soi-même ? Non pas les phénomènes que je perçois par les sens, non pas les choses telles qu'elles m'apparaissent, mais les idées que l'on saisit par la raison. Platon est ainsi le père de la tradition rationaliste, en tant qu'il postule l'existence d'une raison commune par laquelle chacun peut atteindre, au-delà des apparences sensibles, des réalités invariables.

2. RÉALISME CONTRE SCEPTICISME

A. UNIVERSALISME CONTRE RELATIVISME

Mettre l'accent sur le caractère fluide de la réalité, sur l'écoulement incessant des choses, comme le faisait déjà Héraclite (« Tout s'écoule, rien ne demeure. Le même homme ne descend pas deux fois dans le même fleuve »), et n'accorder en conséquence au savoir qu'une valeur subjective à la manière des sophistes, conduit logiquement au relativisme. **Être relativiste, c'est nier l'existence de valeurs absolues, de critères ou de principes universels.** Ainsi, les lois ne sont que des coutumes variables selon les pays ; de même est beau simplement ce qu'on trouve beau, etc. « Tout dépend », comme dirait aujourd'hui la

6

conscience molle de nos démocraties « modernes », sous prétexte de tolérance ! Or, le père de la philosophie occidentale considère que tout n'est pas également beau, ou vrai, ou juste, autrement dit qu'il est possible, selon des critères fiables et constants, parce qu'universels, de tenir des discours fondés ou d'exprimer des propos qui n'engagent pas que moi ! C'est cela philosopher ! Tenter de dire ce que tout autre pourrait dire, abstraction faite de son petit point de vue. Non, tout n'est pas également beau ou laid, vrai ou faux, bien ou mal. En effet, **tenir les points de vue différents pour équivalents, c'est en définitive sombrer dans l'indifférence**.

D'une telle indifférence, qui aujourd'hui semble souvent paradoxalement triompher au nom du respect, et qui gagnait peu à peu les esprits au temps de Socrate (▶ **chapitre 1**), Platon permet de s'extirper.

B. LA VRAIE RÉALITÉ

Le relativisme conduit, en effet, inexorablement au scepticisme. Si toutes les opinions se valent, si l'on ne peut rien dire sur l'objet, la communication par la parole ne sert plus à rien (vanité de l'ascendant acquis par la force de la seule persuasion !), puisqu'il n'y a rien sur quoi l'on puisse s'accorder. On ne devrait finalement que se taire.

La question qui reste alors en suspens est la suivante : comment échapper au scepticisme ?

Le scepticisme est la doctrine selon laquelle l'esprit humain est incapable de rien connaître avec certitude, et qui en conclut à la nécessité d'un doute universel et permanent. C'est donc afin d'assurer une issue à cette position radicale que **Platon postule l'existence de réalités stables**. La vraie connaissance est rationnelle : elle suppose la prise de conscience d'Idées qui sont les vraies réalités. Autrement dit, l'intelligible est plus réel que le sensible. Au-dessus du monde sensible, domaine de l'opinion, multiple, changeant, confus, incapable de fournir les fondements d'une connaissance nécessaire (d'une science), existe *le* **monde intelligible**, un et immuable, qui comprend les essences ou Idées des choses. L'essence d'une chose est ce qui fait qu'une chose est ce qu'elle est, c'est sa nature, sa définition, ses propriétés. Il faut distinguer l'**essence** :

1. des objets sensibles qui n'en sont que des exemplaires ;

2. des modifications superficielles et temporaires qui peuvent lui arriver (qu'on appelle « accidents »).

Les essences pour Platon existent en soi et sont toujours les mêmes : elles sont les seuls êtres réels, contrairement aux représentations.

C. THÉORIE DES IDÉES

L'Idée peut être comprise comme un genre ou comme un archétype, un modèle.

Trois *exemples d'Idées* :

a. Genre

L'Idée de l'homme : c'est ce qui définit la nature de l'homme, c'est-à-dire ce qui lui est propre au-delà des déterminations de fait (taille, pays, âge). L'existence de cette essence **universelle** qui transcende toute particularité empirique est ce qui nous permet de parler de l'homme, alors que dans l'expérience sensible nous ne rencontrons jamais que tel ou tel homme **particulier**, nous n'avons affaire qu'à une pluralité d'individus, très différents les uns des autres.

b. Archétype

L'Idée ou forme d'un objet : par exemple, un lit ; les lits particuliers sont fabriqués par l'artisan d'après l'Idée de lit. L'Idée est ici la **règle** qui dirige ses gestes.

c. Modèle

L'Idée d'égalité : l'Idée d'égalité par laquelle nous jugeons que deux choses sont égales entre elles se distingue de ces choses mêmes. La relation d'égalité est en effet toujours la même, irréductible aux exemples que nous en proposons. C'est pourquoi l'égalité est une Idée : grâce à elle nous apercevons les rapports d'égalité ou d'inégalité entre les choses sensibles. Elle est critère, norme, étalon. Il est ainsi bien clair que l'égalité est une chose autre que les choses que nous qualifions d'égales, qui, elles, ne sont que des images déficientes de l'égalité en elle-même dans la mesure où elles ne peuvent lui être identifiées. Surtout, la connaissance préalable de la relation d'égalité est nécessaire pour penser les rapports entre les choses.

● L'égalité est donc bien un **modèle** : nous ne l'avons jamais « vue », et ne rencontrons jamais dans l'expérience que des exemples aperçus de choses sensibles égales.

6

● Toute désignation la suppose : elle est l'**archétype** de tous les rapports d'égalité.
● Elle est critère ou **paradigme**.
En définitive, **seule la reconnaissance de l'existence de ces essences est la condition de possibilité des jugements vrais.** L'essence est le modèle de l'objet sensible. Par exemple, l'Idée de justice est le modèle de toutes les formes de justice réalisées qui ne font jamais que se rapprocher de ce modèle. Ainsi, le philosophe essayant de constituer une législation qui puisse le plus possible **participer** de la justice montre dans un paradigme quel modèle peut être admis pour tout ce qui peut être caractérisé comme juste. En conséquence, il travaille à la manière d'un peintre inspiré par l'Idée de Beau.
C'est donc en soi, en son propre esprit, qu'on trouve l'original, le modèle des choses sensibles dégradées au rang de copies. L'Idée a une validité générale : elle est immuable, existe en elle-même, séparée et supérieure au monde sensible.

D. FILIATIONS PLATONICIENNES

a. Idéalisme, réalisme

Le platonisme est donc un **idéalisme** dans la mesure où les Idées ont une existence en soi, en dehors des choses qui participent d'elles. Cependant, parce que **les Idées sont seules véritablement réelles**, il n'y a nulle contradiction à parler de **réalisme platonicien**.

b. Dualisme

Les doctrines philosophiques qui postulent la rupture du sensible et de l'intelligible peuvent être en général qualifiées de **dualistes**. Ainsi, la ferme distinction établie par Descartes entre *res extensa* (ce qui est étendu, la matière) et *res cogitans* (la pensée), entre le corps et l'esprit, exprime au XVIIᵉ siècle comme un retour à la tradition platonicienne contre l'enseignement d'Aristote dominant au Moyen Age (il convient de noter que l'ensemble des dialogues platoniciens ne sera traduit en latin qu'à la fin du XVᵉ siècle par Marsile Ficin (▶ **mémo nº 8**).

c. Les néoplatoniciens

Plotin (205-270 ap. J.-C.), philosophe grec né en Égypte, était un platonicien si fervent que germa dans son esprit le projet de relever de ses ruines une ville de Campanie et d'y établir une cité des philosophes qui vivrait selon les lois de Platon – les plus vertueux prenant le pouvoir (▶ **chapitres 1 et 2**). Cette cité devait s'appeler, comme il se doit, Platanopolis.

Plotin relit Platon de telle sorte qu'il considère la philosophie comme la discipline permettant à l'homme, assailli par la multitude des sollicitations sensibles, de se purifier et de se recueillir, alors qu'elle est toujours soumise au risque de se disperser dans la chair sensible. La philosophie se convertit en exercice spirituel de purification, en **ascèse**. Par un effort d'abstraction, l'âme aura en définitive accès à la pure connaissance, à celle que promettait Platon dans *Le Banquet*, dans *Le Phédon*, dans *Le Phèdre* : l'âme deviendra divine en contemplant les Idées, les Archétypes du monde. Son savoir sera infiniment supérieur à celui qu'on obtient en stagnant dans le monde sensible. La dernière étape de l'ascension doit aboutir à l'abolition de la conscience dans l'unité pure : coïncidence de l'âme avec le principe supérieur, l'Un, ou encore le Bien, réalité ineffable qu'on ne peut qu'éprouver dans un **instant d'extase**. Ce fragment infinitésimal de temps hors du temps vaut pour Plotin l'effort de toute une vie. Ainsi, pour Plotin et pour d'autres néoplatoniciens (parmi lesquels il faut citer Porphyre), **la vraie religion, c'est la philosophie**, tandis que pour les chrétiens de la même époque, la vraie philosophie, c'est la religion révélée.

3. L'HOMME POLITIQUE

A. LA CITÉ DE LA RAISON

Le vrai philosophe est le vrai politique. Lui seul est en mesure de fonder la pratique politique sur le terrain solide de vérités qui participent de la réalité en soi, immuable et indiscutable. Ainsi, Platon ne fonde l'Académie qu'en vue de former les hommes d'État d'une cité idéale. Il s'agit là d'élaborer une théorie de la politique, théorie dont la cité déchirée manque si cruellement, de mettre au jour rationnellement les valeurs fondatrices et les critères incontestables de l'action. L'Académie n'est pas l'agora, le lieu public d'un débat, mais l'espace retranché d'une réflexion sur les fins. **La cité philosophique n'est pas la cité de la parole, mais celle de la raison**. La République rêvée de Platon n'est pas la démocratie grecque.

6

B. LA CITÉ DE LA PAROLE

a. Débat et démocratie

Le régime établi à Athènes est celui de la démocratie directe, où tout homme peut, si son humeur l'y invite, s'avancer *és méson*, « au milieu » selon la formule consacrée, et donner son opinion sur les affaires. Or, Platon sait bien qu'il ne suffit pas de parler pour penser. Si chacun a le droit de dire ce qu'il pense, tous les hommes ne sont pas capables de bien penser. **L'agora n'est pas le lieu où l'opinion se fonde en raison, mais l'endroit même de sa corruption**. Sur l'agora, tout se dit sans discrimination.

Certes, on débat parce qu'on n'est pas d'accord. Et l'on n'est pas d'accord parce qu'on ne s'entend pas sur un critère universel. Le problème est que le débat n'est nullement l'instance par laquelle la vérité peut advenir. Si on ne débat qu'entre ignorants, de cette ignorance on ne peut sortir par le débat. En effet, débattre, c'est se battre et non pas dialoguer. L'agora, où les arguments s'échangent comme des balles, est le **théâtre des passions**. La parole y règne en maître : chacun cherche à imposer sa vision des choses, et non à faire entendre raison. Tel un « gros animal », le peuple se laisse subjuguer par les plus persuasifs orateurs. Dans la ténébreuse caverne du théâtre politique, le soleil de la raison ne pénètre pas : seuls les montreurs d'ombres ont une chance de s'y faire applaudir.

b. Bêtise de la foule

La foule est bête, car elle est assourdie par les tribulations tonitruantes de la polémique, rivée à son désir, assoiffée d'émotions et d'actualité. Elle tient à ses illusions comme à la prunelle de ses yeux. Aux plaisirs de la mascarade, peu d'hommes ont en réalité la force de renoncer pour emprunter la voie longue, douloureuse et escarpée de la raison. Ainsi, seule cette minorité de sages qui se sont délivrés des chaînes de l'opinion est en mesure de gouverner. C'est dans l'espace préservé de l'Académie que, par le rigoureux travail du questionnement dialectique (▶ **chapitre 1**), les hommes dignes des plus hautes charges apprennent à s'élever des faits isolés à une vision des ensembles, et jusqu'au principe qui commande à tout. Or, peut-il être entendu dans la cité de la parole celui qui tient le langage de la raison ? On ne s'adresse pas aux foules comme au philosophe. En atteste la fin tragique de Socrate, qui n'a pas su convaincre ses juges, plutôt habitués à se laisser séduire qu'à consentir à l'effort de la réflexion. **Le peuple est mauvais juge.** La démocratie n'est pas bonne.

INTRODUCTION : LES VRAIS DÉMOCRATES

Vus par Platon, les sophistes font figure de démagogues sans scrupule. On sait que l'idéalisme platonicien s'élabore contre le relativisme sophiste (▶ **chapitre 6, 2, A**) : ainsi la république philosophique veut se donner des vérités absolues, *a priori*, alors que la démocratie ne reconnaît rien d'indiscutable.

Or, ne faut-il pas, contre le dogme imposé par la tradition platonicienne, rendre justice aux sophistes d'avoir eu l'esprit vraiment libre dans leur refus de toute transcendance, d'avoir été les artisans de l'affranchissement démocratique des hommes plutôt que les habiles tuteurs d'un peuple ignorant ? **N'est-il pas salutaire, ce refus d'accepter *a priori* la vérité ?** Et, en effet, en faisant table rase de tout ce qui jusqu'alors faisait office d'absolu (mythes ou traditions vénérables), les sophistes peuvent apparaître aujourd'hui comme des philosophes éclairés.

A. L'HOMME-MESURE

« L'homme est la mesure de toutes choses ; pour celles qui sont, de leur existence ; pour celles qui ne sont pas, de leur non-existence. »

Platon interprète la fameuse formule de Protagoras comme l'expression même du subjectivisme, autant dire comme le degré zéro de la pensée, que traduirait aussi bien les formules triviales : « chacun voit midi à sa porte », « à chacun sa vérité » ou « des goûts et des couleurs… » Or, on peut analyser aujourd'hui cette formule autrement, en comprenant que **l'homme** dont Protagoras prétend faire la mesure de l'utile (par « choses », il faut entendre choses utiles) n'est point l'individu particulier lambda, pris isolément, mais plutôt **l'ensemble des citoyens qui composent la cité**, et dont l'individu lambda serait avisé, prudent, d'écouter l'opinion.

Or, être avisé, c'est être « **mesuré** », **pondéré**, c'est-à-dire disposé à « peser le pour et le contre ». La formule de Protagoras est donc plutôt une invitation à éviter l'emportement. Il convient donc de se défier de l'abrupte condamnation prononcée par la tradition idéaliste à l'encontre des sophistes. En effet, Protagoras cherche avant tout à **enseigner la vertu du citoyen**,

7

c'est-à-dire d'un homme affranchi de toute transcendance, d'un homme qui ne reconnaît de vérité que « **convenue** », après en avoir publiquement débattu. Que rien ne soit absolument vrai ne signifie donc pas que rien n'est vrai. Simplement, il est **prudent** d'éclairer son jugement à la lumière de ceux de ses concitoyens. C'est en ce sens qu'il faut interpréter l'idée sophiste selon laquelle tout est **convention sociale**.

B. CONVENIR DU MEILLEUR

La formule de Protagoras n'a donc nullement pour conséquence de nous contraindre au scepticisme. Elle est plutôt un **appel à débattre en vue de s'accorder**, par contrat, sur ce qu'il convient de faire. Il s'agit d'élargir, autant que faire se peut, son point de vue : le meilleur étant celui du plus grand nombre. Tel est le vrai sens de la démocratie : les hommes conviennent de ce qui leur convient. **Le Bien se définit donc explicitement comme l'utile déterminé par convention**. La fin des fins pour des hommes qui vivent ensemble est de parvenir à un accord (toujours sujet à révision) sur ce qu'il est prudent de faire **en la circonstance** pour le bien commun.

La vaine quête d'un critère idéal du vrai et du faux est abandonnée : prévaut désormais la norme pragmatique du meilleur et du pire. La fonction du sophiste est donc d'abord de savoir **diagnostiquer** une situation particulière. Cet art, comme en médecine, prépare l'administration du traitement. Il revient ensuite au rhétoricien de s'assurer que la ligne de conduite prescrite pour une occurrence donnée est bien suivie. Protagoras pratiquait et enseignait de façon intègre l'art de détecter les fins les meilleures, propédeutique à l'art de persuader. Mis au service d'individus moins scrupuleux, ce dernier deviendra pur moyen de pouvoir, comme en atteste la réputation historique des sophistes, que les critiques platoniciennes ont contribué à pérenniser.

C. LE SENS DE L'À-PROPOS

Ce qui caractérise ainsi les sophistes est ce qui manqua cruellement à Socrate pour être sauvé d'un jugement fatal : l'attention aux circonstances et le sens de l'à-propos. Le sophiste intervient toujours à point nommé. Leur mot d'ordre est *kairon gnôthi*, « repère le moment ! ».

Ainsi, Gorgias (485-380), dont le style oratoire était si efficace et si « ajusté » qu'on disait à l'époque « gorgianiser » pour évoquer un discours qui sonnait juste et faisait mouche, est-il le plus brillant représentant des sophistes. Il parlait toujours avec à-propos, n'oubliant jamais qu'il s'adressait à des hommes situés en un lieu (*topos*) et en un temps donné. Gorgias a compris que **la parole politique est toujours une parole située**, tandis que la pensée politique de Platon se voulait atopique. En réalité, **on ne parle jamais « absolument », parce qu'on s'adresse toujours à des hommes.** Le génie de Gorgias est d'avoir justement montré que dans l'abstrait on pouvait tout dire et son contraire, que le langage est un mauvais contenant de l'absolu. En effet, l'équivocité même du langage rend impossible toute métaphysique ; mais, en même temps, cette équivocité légitime l'invention rhétorique. Surtout donc, l'unique fonction du langage est pratique. **Il s'agit avant tout de se faire comprendre puisqu'on ne peut jamais prétendre dire absolument la vérité.**

CONCLUSION

Tandis que l'idéalisme platonicien se construit dans le but d'élaborer un savoir absolu du Tout, la sophistique travaille à l'élaboration d'un savoir-faire, d'une rhétorique qui rende possible une meilleure communication des hommes entre eux. On peut donc dire qu'il existe une morale sophiste, une **morale centrée sur l'homme seul.** Leur morale est une **morale de l'adresse** : il s'agit de ne jamais oublier qu'on s'adresse aux hommes, et de le faire toujours avec adresse.

À l'école d'Épicure (▶ **chapitre 5**), il n'est nullement question de se perdre en spéculations vaines ou de s'enorgueillir d'érudition, mais simplement de **se donner le loisir de penser à ce qui vaut la peine d'être désiré**. L'image galvaudée de ces « pourceaux d'Épicure », confits dans la poix des petits plaisirs satisfaits, est donc bien loin de restituer le sens authentique de la morale hédoniste.

A. LA CONNAISSANCE COMME MOYEN ET LE BONHEUR COMME FIN

a. L'homme déchiré

Abandonné à la spontanéité de ses inclinations, chacun connaît le tourment d'un être en désaccord avec sa nature. Qu'un homme assouvisse ses désirs les plus fous, et l'amer sentiment de la fatigue et de la dislocation l'envahira comme le silence après la tempête ! Ainsi, « faire son bonheur » ne peut être un précepte que dans la mesure où spontanément chacun fait son malheur. Parce que l'homme, contrairement à l'animal, est **doté de cette faculté de désirer plus que ce dont il a besoin**, il est toujours capable d'excès, capable de s'enivrer jusqu'à la souffrance, de se faire vomir, de se rendre malade. Or, si les hommes s'abrutissent et s'animalisent en s'abandonnant à leurs penchants, c'est qu'ils ignorent, alors même qu'ils imaginent n'obéir qu'à eux, qu'**en eux spontanéité et nature ne coïncident pas toujours**.

b. L'homme accordé

Pour vivre en accord avec soi-même, il est nécessaire de se connaître, c'est-à-dire de savoir en quoi consiste l'*arétè* (▶ **chapitre 2, A, d**), la nature propre de l'homme. Une telle connaissance constitue l'essentiel de l'éthique épicurienne, qui a elle-même pour fonction d'exposer les principes selon lesquels on peut discipliner sa vie en vue du bonheur.

Alors, pour quelle raison cette éthique suppose-t-elle une physique ? Pour cette raison déjà énoncée que **la sagesse implique un savoir**. En effet, la physique (connaissance de la nature) doit pouvoir affranchir les hommes des vaines questions qui les tourmentent, tout comme l'éthique des vains désirs qui les déchirent et les aliènent. C'est en nous délivrant de toutes nos illusions que la philosophie épicurienne prétend nous ouvrir les voies du bonheur.

B. LA PHYSIQUE ET L'ÉTHIQUE

Si tout plaisir est un bien en ce qu'il me fait du bien, tout plaisir n'est cependant pas désirable : une petite douleur peut entraîner un grand plaisir (par exemple, le soulagement immense que peut apporter un remède un peu désagréable), et un petit plaisir une grande douleur (par exemple, les excès répétés de boisson, une maladie grave). Il est donc nécessaire de croiser le plaisir et la douleur (ce dont précisément l'animal est incapable), et de procéder à un **calcul des plaisirs**. L'hédonisme épicurien suppose une **réflexion sur les conditions de possibilité d'une satisfaction durable**.

Or, cette réflexion rencontre trois difficultés :

1. il est impossible de prévoir l'avenir et de se préparer à toutes les circonstances ;

2. quand bien même une connaissance théorique des principes d'une vie heureuse serait possible, elle ne permettrait pas d'éviter toute douleur (torture de la maladie et contingences de la vie politique). D'autre part, la nostalgie de ce qui nous manque peut accentuer notre peine ;

3. quand bien même serions-nous protégés des mauvais coups du sort, du hasard, quand bien même serions-nous chanceux, nous ne pouvons échapper au plus grand de tous les maux : la **mort**.

a. La connaissance de la nature est thérapeutique

La question est donc de savoir comment s'affranchir de la terreur éprouvée à l'idée de mourir. La réponse à ce problème éthique se trouve dans la physique et non dans la religion. En effet, alors que la superstition se nourrit de nos angoisses (celles surtout d'un châtiment), la connaissance vraie de la nature les chasse. La peur n'est que le produit de notre ignorance. Au contraire, la connaissance est thérapeutique : elle permet de rectifier les jugements erronés qui sont à l'origine de nos illusions. Or, une telle délivrance n'est en vérité possible que dans la mesure où l'illusion n'est pas à imputer aux sens mais au jugement porté à partir de leur témoignage. Par exemple, voir une tour ronde de loin et carrée de près sont deux sensations vraies :

8

notre surprise provient de ce que nous nous attendions, en nous rapprochant, à ce que subsiste la sensation de rondeur. Aucune sensation n'est fausse : elle est tout ce qu'elle peut être au moment où elle s'éprouve. Il s'agit simplement de ne pas ajouter à la sensation un jugement qu'elle n'implique pas : par exemple, cette tour « est » ronde.

Par conséquent, la **canonique** (la logique pour les épicuriens) retient comme seul critère du vrai et du faux l'évidence sensible – et par là, l'hédonisme épicurien s'oppose à l'idéalisme platonicien (▶ **chapitres 2 et 6**). Après quoi, la **physique** s'élabore comme une science, dont le critère est la sensation, et nous délivre des erreurs de jugement qui sont causes de nos inquiétudes.

b. L'anticipation

L'illusion essentielle consiste à attendre autre chose que ce qui est : par exemple, **attendre** d'une sensation de rondeur qu'elle reste sensation de rondeur, ou encore **attendre** d'une sensation de plaisir qu'elle reste sensation de plaisir, ou encore ne pas comprendre qu'une douleur peut être le moyen d'un plaisir. Toutes ces erreurs de jugement font que nous vivons mal. Apprendre à reconnaître ce qui est bien suppose ici qu'on apprenne à bien anticiper. Ainsi, la théorie épicurienne des « anticipations » (les anticipations naissent de la répétition des sensations qui laissent en nous une empreinte grâce à laquelle il est possible de devancer la sensation en fonction du souvenir que nous en avons) permet de situer le courant hédoniste dans la lignée des matérialismes. En effet, l'idée du bien n'est pas innée en l'homme (comme le postule l'idéalisme platonicien) : elle est une **anticipation**, c'est-à-dire la **trace matérielle** d'une expérience.

Dès lors, comment pourrions-nous redouter ou désirer ce dont nous n'avons pas d'expérience ? Ne peut être crainte ou recherchée qu'une chose connue par anticipation. Alors, pourquoi cette terreur de la mort ? Parce que ce dont nous n'avons pas d'idée (c'est-à-dire d'anticipation), nous l'imaginons. Ainsi, **notre imagination fait exister ce qui n'existe pas** (l'enfer, l'*hadès* où errent les fantômes nostalgiques d'une vie passée) ; et la religion n'est donc que l'effet de notre ignorance. **Au contraire, le matérialisme épicurien, en définissant l'idée comme anticipation, nous libère de l'angoisse de la mort : pourquoi tant redouter ce dont nous n'avons pas l'idée ?**

C. UNE THÉOLOGIE MATÉRIALISTE

a. L'irréalité de la mort

Si tout bien et tout mal résident dans la sensation, la mort ne peut être un mal dans la mesure où elle est la fin des sensations. Puisqu'on ne peut vivre sa mort, elle est un non-événement : tant que nous éprouvons des sensations, la mort n'est pas là. Notre hantise de la mort provient donc d'une erreur et d'une superstition : nous croyons que la sensation survit à la vie ! Épicure nous libère de l'angoisse, sans nous livrer au sentiment de l'absurde, en nous invitant à **une sagesse qui est méditation de la vie** et non de la mort.

b. Tout est matière

De même, nous aurons enfin une vie sereine dès lors que nous cesserons de croire au surnaturel, c'est-à-dire de vivre dans la crainte perpétuelle de l'au-delà, de la transcendance, de l'arbitraire des dieux. Il s'agit de comprendre que tout procède selon des lois mécaniques, de mettre en œuvre une explication rationnelle susceptible de fonder l'éthique. En effet, la physique d'Épicure est strictement matérialiste, délaissant toute explication par la Providence divine. La nature est née de la rencontre d'atomes qui, par hasard, se sont entrechoqués, ont été déviés dans leur chute rectiligne (*clinamen*), pour former des conglomérats stables. Le monde est le fruit du hasard et de la nécessité. A cet égard, l'épicurisme annonce bel et bien la science contemporaine, en excluant toute forme d'explication finaliste (▶ **mémo n° 8**). L'ordre du monde ne procède d'aucun plan ; notre univers n'est pas créé, n'a pas été conçu avant d'exister. Nous ne devons d'être là qu'au hasard de combinaisons matérielles…

c. Des dieux ravis

Cependant, Épicure n'a pas même besoin de nier l'existence des dieux : de toute façon, s'ils existent, ils sont heureux, donc matériels, composés d'atomes eux aussi pour pouvoir jouir de leur félicité ; et **que pouvons-nous craindre de créatures parfaitement heureuses ?** Rien puisque le parfait bonheur, l'ataraxie (absence de troubles), suppose qu'on ne se soucie de rien. Leur impassibilité implique l'absence de toute intervention dans le cours de l'histoire et de la nature. Ainsi, les représentations populaires des dieux sont erronées et anthropocentristes, parce qu'elles supposent des dieux préoccupés par nos folies, des dieux inquiets !

8

Si les dieux existent, ils vivent en des espaces intercosmiques où règne un équilibre parfait, où les atomes dont ils se composent se renouvellent sans cesse. Incorruptibles et pourtant matériels et vivants, les dieux, explique Lucrèce, changent perpétuellement de visage, mais jamais ne dépérissent. Ravis, en ces belles et continues métamorphoses, ils se complaisent.

Or, la théologie savante est tout aussi suspecte que la superstition. En effet, se figurer les dieux sous la forme des astres (théologie astrale) comme le font les écoles platonicienne et aristotélicienne, ne revient qu'à nourrir encore la crainte des hommes face à leur inflexibilité. Mieux vaut considérer que les astres ne sont que du feu ! Mieux vaut en définitive s'en tenir au mythe rassurant selon lequel les dieux coulent une douce retraite, se reposant dans la molle indifférence de leur béatitude ! S'il convient avec Épicure de retirer aux dieux leur caractère implacable et rayonnant, c'est pour mieux s'affranchir des peurs qu'ils inspirent. Les hommes, délestés du souci de leur salut, peuvent enfin **se consacrer pleinement au bonheur de vivre ensemble**.

D. L'HUMANISME ÉPICURIEN

a. L'homme délié par la prière

La représentation de dieux insouciants, indifférents à nos affaires, nous libère de l'angoisse du châtiment. Le philosophe latin Lucrèce reprendra d'ailleurs cette critique épicurienne de la superstition comme cause de nos malheurs, sous une forme plus nettement polémique et antireligieuse.

Pour Épicure déjà, la religion est mauvaise lorsqu'elle affaiblit l'homme. De même que ce ne sont pas les sens qui nous trompent, mais les jugements que nous portons à partir de leur témoignage, de même, ce ne sont pas les dieux qui nous font du mal ou du bien, mais l'opinion que nous en avons. Les dieux étant à peine perceptibles par l'esprit, autant les imaginer inoffensifs ! Telle est la grande leçon de sagesse de l'épicurisme. L'homme est tout entier l'artisan de sa vie, pleinement l'auteur de son malheur ou de son bonheur : « Il est sot de demander aux dieux ce que l'on peut se procurer par soi-même. » **La prière nous infantilise, nous fragilise, nous divertit, nous détourne de notre œuvre et des autres hommes**. Une religion de la sollicitation met l'homme à genoux, l'esseule, l'éloigne de l'humanité plutôt qu'elle ne le relie aux autres hommes.

b. L'homme relié dans la fête

La seule religion fortifiante est celle qui nous lie à nos semblables, nous réunit dans le partage pacifique des biens terrestres. Les seuls cultes heureux sont les cultes publics à l'occasion desquels les hommes se retrouvent. **La religion épicurienne est une religion de la fête et non de la sollicitation.** La religion de la sollicitation est une religion du déchirement, de l'esseulement et de la prostration. La religion de la fête est une religion de l'accord joyeux et de la réconciliation. Elle est la bonne et la vraie religion (*religare* signifie en latin rassembler). Ce mot de Démocrite exprime magnifiquement l'esprit de l'humanisme épicurien : « Une vie sans fête est une longue route sans auberge. »

CONCLUSION

L'épicurisme ouvre la voie de la pensée moderne. Par son positivisme, son antifinalisme, son humanisme, et surtout par le caractère résolument matérialiste de ses théories, l'épicurisme est essentiellement animé par le souci d'affranchir l'homme de toute transcendance (que ce soit du destin ou de l'arbitraire des dieux) et de le guérir de la crédulité par laquelle il s'aliène.

Le quadruple remède	Explications
1. Les dieux ne sont pas à craindre.	Leur perfection implique absence de troubles ; il sont indifférents à nos affaires ; l'explication matérialiste du réel par l'atomisme exclut toute intervention surnaturelle.
2. La mort n'est rien pour nous.	Elle est la fin de toute sensation.
3. Toute douleur est supportable.	Ou bien une douleur peut être ressentie et je peux la souffrir, ou bien elle est insupportable et elle s'achève alors en perte de conscience.
4. L'accès au bonheur est facile.	Le sage sait se contenter de ce qui lui suffit.

C'est au Portique des peintures, à la *Stoa poïkilè*, que Zénon de Citium (332-262) fonde l'école stoïcienne ou école du Portique, après avoir été l'élève du cynique Cratès. Ainsi, à bien des égards, **le premier stoïcisme peut être considéré comme une systématisation des thèses cyniques**. La rigoureuse exigence de ne dépendre que de ce qui dépend de soi, ainsi que la critique dirigée contre les cités et le caractère purement conventionnel de leurs lois, semblent confirmer la filiation. Cependant, Zénon n'est pas un cynique comme les autres. Pas davantage, bien qu'il ait suivi l'enseignement de Stiplon le Mégarique, et sans doute aussi celui de Diodore Cronos, il ne peut être qualifié de pur « dialecticien ». Alors, qu'est-ce qu'un stoïcien ? **Ni un simple moraliste** comme en témoigne le reniement d'Ariston, disciple de Zénon qui manifesta sa dissidence en déclarant que la logique n'était que spéculation vaine et la physique au-delà de nos capacités. **Ni un simple dialecticien** dans la mesure où la logique appartient à la philosophie sans que cette dernière s'y réduise. Pour un stoïcien, **tout se tient**, tout est lié, et cette unité n'est rien d'autre que celle du *logos*, dont il s'agit de rendre compte par ses actes et par ses pensées.

1. UN COURANT MAL COMPRIS

A. INTERPRÉTATIONS DISCUTABLES DU STOÏCISME

Il existe donc deux interprétations réductrices du stoïcisme : soit on le comprend comme **une simple doctrine morale**, soit on le stigmatise comme **vaine dialectique uniquement soucieuse de la rectitude de ses énoncés**, oublieuse des questions essentielles. Dans un cas comme dans l'autre, on ignore l'originalité d'un système qu'on désarticule.

Ainsi, lorsqu'on souligne le primat chez les stoïciens de la pratique (privée) sur la théorie, quand on explique que l'urgence de la conversion aurait entraîné une simplification de la théorie et un désintérêt pour les spéculations sans conséquences pratiques, on fausse le sens de la doctrine. Cette distorsion vient de ce qu'on ne prend en considération que le rapport du stoïcisme à la situation historique de la Grèce en crise après Alexandre.

Interprétant le prestige de la doctrine selon les besoins de l'heure, on met l'accent sur :

● le retour à la sphère privée. L'intériorisation de concepts à signification jusqu'alors politique : par exemple, la liberté qui se replie dans le for intérieur ;

● l'intériorisation conjointe des concepts économiques : par exemple, la richesse qui devient tout intérieure.

Pourtant, les stoïciens ne sont pas simplement auteurs de manuels, d'ouvrages à portée de la main dont la fonction serait d'énoncer de vigoureux préceptes invitant à la superbe face à l'adversité. **Le stoïcisme n'est en aucun cas une simple morale provisoire pour temps difficiles !**

B. UN SYSTÈME NON MÉTAPHYSIQUE

a. Le stoïcisme n'est pas une morale

Le stoïcisme n'est même pas une « morale » au sens strict ! Une morale postule en effet une distance, une scission entre le réel tel qu'il est et le réel tel qu'il doit être, autrement dit l'imperfection de ce qui est. Une morale suppose des devoirs, c'est-à-dire un effort pour faire coïncider être et devoir-être. Or, précisément, la sagesse consiste pour un stoïcien à comprendre l'ordre du monde ; c'est folie de croire que les choses devraient se conformer à nos désirs, et de se lamenter sur ce qui arrive comme si cela ne devait pas arriver ! En réalité, nous ne jugeons imparfait que ce qui ne nous convient pas : nous ne supposons « devoir être » que ce que nous désirons ! Ainsi, **tout le malheur des hommes provient de leur incompréhension du réel qu'ils préfèrent juger à l'aune de leurs attentes que saisir tel qu'il est !**

Je me plains de l'imperfection de la nature et de l'injustice du sort dans la mesure où mon imagination l'emporte sur ma raison : pourquoi tout ne va pas comme je le voudrais ? Sans doute, me dis-je, parce que tout n'est pas comme il devrait être. Le monde est donc imparfait. Je conçois comme désordre ce qui contraste avec l'ordre fantasmé d'un monde accordé à mes désirs ! **Ce monde-ci est donc mauvais ; l'autre est le bon. C'est de tels raisonnements que naissent les « morales ». C'est au contraire contre de telles arguties que s'institue l'éthique stoïcienne.**

b. Le matérialisme stoïcien

Ainsi, contre Platon qui tient le sensible pour un moindre degré de l'être, pour le règne de l'apparence (▶ **chapitre 6, 2**), et contre Aristote même qui le disqualifie comme « sujet à génération et à corruption », c'est-à-dire « être dans le temps », les stoïciens tentent de rétablir la réalité concrète dans sa dignité : toute réalité est corporelle. Rien n'existe au-delà (*méta*) de la nature (*phusis*) ! En ce sens, **le matérialisme stoïcien s'oppose bien à l'idéalisme platonicien** qui ne reconnaît comme réalité stable que celle des idées immuables, des essences.

Il faut alors comprendre que les stoïciens ne travaillent pas le langage en métaphysiciens, de sorte que se manifeste l'être, l'essence cachée des choses. La vérité cesse avec le stoïcisme d'être conçue comme dévoilement (en grec *aléthéia*). Et, en effet, le langage devient avec le stoïcisme un simple instrument de la représentation au prix de son épaisseur ontologique. Par conséquent, si les stoïciens analysent le langage, c'est en logiciens, afin de définir les conditions de validité d'un énoncé : la vérité n'est donc plus *aléthéia* (dévoilement) mais *orthothèse* (rectitude).

Ainsi, parce que **leur système est construit en réaction contre la métaphysique**, il est clair que c'est l'imposition de la tradition métaphysique qui a jeté le discrédit sur la pensée stoïcienne.

2. TOUT SE TIENT

La logique n'est pas, comme pour Aristote par exemple, un instrument préparatoire à la philosophie : elle en est une partie, et plus précisément le nerf ou l'ossature. En effet, la philosophie est un tout vivant et organique dont chaque composante assure l'unité. Les stoïciens ont ainsi coutume de comparer leur système à un animal dont les os et les nerfs sont la logique, la chair la physique et l'âme l'éthique. La fonction de la logique est donc de « faire tenir » le système, comme en témoigne la métaphore plus explicite encore de la philosophie conçue comme un œuf dont le jaune serait l'éthique, le blanc la physique et la coquille la logique !

A. IMPLICATION LOGIQUE
ET COHÉSION PHYSIQUE

Cependant, tenir des raisonnements cohérents n'est ni une fin
en soi ni un moyen en vue de la philosophie, c'est déjà philosopher. L'originalité radicale du stoïcisme tient au fait que la
logique n'est ni pratiquée pour elle-même (en ce sens ils échap-
pent aux accusations de pur formalisme qu'on peut adresser aux
mégariques et plus largement à la filiation logicienne) ni un
simple *organon*, un instrument comme la concevait encore
Aristote. **La logique est de la philosophie.** Qu'est-ce à dire ?
Que l'enchaînement rigoureux des propositions dans un raisonnement rend déjà compte de celui des phénomènes dans la
nature. Qu'un seul et même ordre, un seul et même *logos*, une
même rationalité s'y exprime. Ainsi, implication logique et
cohésion physique se répondent l'une l'autre.

a. *Sustema*

Le stoïcisme est la première philosophie vraiment systématique
dans la mesure où elle pense le réel comme un tout dont nous ne
saisissons l'**unité** qu'une fois atteinte la sagesse totale (les stoïciens furent d'ailleurs les premiers à employer le mot *sustema* au
sens de « système du monde »). Bien qu'on appréhende séparé-
ment, pour des raisons de pédagogie, comme autant de parties
distinctes, la logique, la physique et l'éthique, les trois sont en
réalité indissolublement liées. **Tout se tient** :
– de même que dans un raisonnement le déroulement rigoureux
des propositions qui s'impliquent suppose en vérité qu'à chaque
instant chacune d'elles soit liée **nécessairement** à toutes les
autres, de même l'enchaînement des phénomènes dans la nature
suppose une **cohésion absolue** ;
– de même que nous exprimons discursivement (proposition
après proposition) ce qui se tient logiquement ensemble, c'est-
à-dire ce qui est cohérent, ce qui fait bloc, de même nous saisissons temporellement (événement après événement) ce qui se
tient en fait physiquement ensemble selon la **légalité cosmique** ;
– de même qu'on ne peut déplacer ou retirer une seule partie
d'un raisonnement sans que tout l'édifice logique s'écroule, de
même tout événement qui se produit dans l'ordre de la nature
est indissolublement lié à la totalité des événements (présents,
passés et futurs).

b. Une conception originale du temps

Ainsi, ce qui pour nous se manifeste dans un présent inachevé et mobile (tel événement) existe en réalité tout ensemble de façon immuable. L'originalité de la conception stoïcienne du temps consiste à penser l'éternité comme un « **présent total** » à l'intérieur duquel passé et futur se trouvent résorbés : « le temps dans son ensemble est présent ». Encore une fois, les stoïciens rompent avec la métaphysique platonicienne qui situe l'être dans une éternité hors du temps, transcendante : l'être n'est ici rien d'autre que la totalité du temps. Or, de cette totalité nous ne saisissons jamais dans le déroulement temporel qu'une infime partie. Cependant cette infime partie est encore liée au tout du temps par une nécessité absolue. La réalité se définit donc ici avant tout par sa **cohésion** : celle de la nature comprise dans sa totalité. Contrairement à Platon, les stoïciens ne conçoivent nulle réalité suprasensible : bénéficie, pour eux, de la stabilité et du caractère immuable accordé au seul monde suprasensible par l'idéalisme platonicien (▶ **chapitre 6**) le monde sensible lui-même, pris dans sa totalité, c'est-à-dire dans sa cohérence. La sagesse consiste alors déjà dans la compréhension de cette cohésion physique. Il est ainsi possible de se délivrer de l'illusoire espoir d'un autre monde.

B. LA DOCTRINE DE L'ÉTERNEL RETOUR

Afin que le monde sensible et les événements de la vie humaine soient régis par la rationalité et la régularité qu'Aristote et Platon réservaient au monde supralunaire, les stoïciens adoptent la doctrine de l'éternel retour. Tout se tient dans le présent total de la période cosmique. Le hasard n'intervient plus en aucun cas dans la mesure où la nature tout entière (et non plus simplement le monde des astres, comme dans l'orthodoxie péripatéticienne) est commandée par le *logos*, est gouvernée par le destin.

La question est alors de savoir comment concilier cette doctrine du retour éternel avec la liberté humaine : autrement dit, **comment éviter le triomphe de l'argument paresseux selon lequel toute vie est jouée d'avance et toute initiative vaine**. C'est sans doute à une époque en proie au découragement, parce que tout semble mécaniquement se faire et se défaire suivant l'implacable logique des cycles, que Marc Aurèle propose à cette question la réponse la plus ferme. Tout semble aller à vau-l'eau dès lors qu'on se livre passivement au cours du temps. **C'est en définitive « marcher au hasard » que de s'abandonner au destin.** Il s'agit bien au contraire de saisir l'occasion de la vie présente plutôt que de désespérer de la fuite du temps. C'est folie de se laisser emporter par le flux du temps, alors qu'on ne vit pas dix mille ans. C'est tomber sous la dépendance de ce qui ne dépend pas de nous. Or, la seule chose qui dépend vraiment de nous est de ne pas dépendre de ce contre quoi nous ne pouvons rien. En laissant faire, je me place sous la dépendance du destin contre lequel je ne peux rien ! Il me revient donc paradoxalement d'agir dans un monde soumis à une stricte nécessité. **Agir n'est ni s'opposer à la nécessité, ni la subir, mais la comprendre.**

3. ÉTHIQUE ET POLITIQUE

A. UNE ÉTHIQUE PARADOXALE

a. *Hic et nunc*

Si c'est « ici et maintenant » qu'il convient de jouir et d'agir, c'est précisément parce qu'aucune vie ne nous est promise au-delà de celle qui nous est donnée dans l'instant présent. **Le matérialisme stoïcien et la doctrine stoïcienne du destin bien comprise sont indissolublement liés à un optimisme fondamental.** Il y a toujours, en toutes circonstances, un fil d'action possible. Tout notre malheur ne vient jamais que de l'ignorance où nous sommes de ce qui dépend de nous. Laisser se répéter ce qu'on peut éviter, sous prétexte que tout est écrit d'avance, est une faute : l'expression même de notre aliénation (ce que Sartre appellera la « mauvaise foi »). Ainsi peut-on parler, sans craindre l'anachronie, d'un **existentialisme stoïcien** au sens où dans le seul temps réel, celui de notre « engagement », le présent, il nous est toujours loisible d'agir. La situation présente n'a en elle-même aucun sens ; il n'y a pas de situation intolérable en soi : moi seul choisis de trouver plus intolérable la trahison que la torture !

b. Il y a toujours un choix d'action possible

« Tu peux parvenir à faire fi d'un chant ravissant, de la danse, du pancrace. S'il s'agit d'un air mélodieux, il suffit de le décomposer en ses notes et, à chacune, de te demander si tu ne saurais y **résister**. Pour la danse, use d'une méthode analogue devant chaque mouvement ou figure, et de même pour le pancrace » (Marc Aurèle, *Pensées*, XI). Il n'y a donc pas de situation objec-

9

tivement impossible pour la liberté. Je puis toujours résister. Rien n'est jamais plus fort que moi ! Pas même la mort que je puis **ne pas attendre passivement** mais choisir. Ainsi, le suicide (voir celui de Sénèque) signe encore la suprême autonomie du sage. La tradition chrétienne, prônant les vertus de l'humilité, verra dans cette sagesse stoïcienne l'expression d'une forme de « superbe » ! (D'orgueil ; la formule consacrée de « superbe stoïcienne » condamne une éthique qui prétend faire fi de toute transcendance et fait de la volonté l'instrument de notre sagesse.)

c. Bonheur et art de vivre

« Contempler la vie humaine quarante ou dix mille ans, c'est équivalent. Que verras-tu de plus ? » (Marc Aurèle).

En effet, non seulement la succession des événements est comprise dans un présent total, mais encore chaque instant présent comprend en lui-même l'infini du temps (ce qu'implique la doctrine de l'éternel retour).

Surtout, le bonheur est possible pour des êtres voués à la mort, s'ils comprennent que le bonheur n'est pas dans la durée mais dans le temps présent. C'est dans la saisie de l'occasion propice que s'éprouve le bonheur, dans ce moment, temps opportun (que les Grecs appellent **kaïros**) où l'acte s'accorde parfaitement avec l'événement. Au contraire, l'espoir et l'attente d'une vie plus longtemps heureuse nous minent et nous asservissent, en nous plaçant sous la coupe de ce qui ne dépend pas de nous. C'est pourquoi la vie de celui qui passe son temps à attendre ou s'exténue dans le vain désir d'un lendemain qui n'existe pas est paradoxalement plus brève que celle du sage qui s'associe au destin. La règle d'or de la conduite humaine est donc de **ne pas différer** les actes « comme si nous devions vivre toujours ».

Le temps peut donc ne pas nous briser si nous consentons à ne pas fuir l'occasion amie, si nous savons être attentif à ce qui se présente plutôt que d'attendre ce que nous imaginons devoir arriver, si nous savons ne pas manquer notre tangente avec le moment présent.

B. LE COSMOPOLITISME STOÏCIEN

a. Tenir son rôle, accomplir sa fonction propre

Vivre en accord avec la Nature n'est donc rien d'autre que « **faire à chaque heure ce que tu as sur les bras** ». En ce sens, on a pu interpréter l'injonction stoïcienne à jouer son rôle, à ne pas déserter la scène du temps présent, comme une invitation à la compromission, et en particulier à la compromission politique. Pourtant, les stoïciens ont repris les critiques des cyniques contre les cités : ils reconnaissent aussi leurs lois comme purement conventionnelles. Certes, mais cette critique n'implique nullement pour eux un abandon des charges politiques. Bien au contraire le sage doit remplir toutes les fonctions du citoyen, fonder une famille et éduquer ses enfants. Faire son devoir, ce n'est que **remplir sa fonction propre**. Ainsi, le devoir s'énonce moins ici à l'impératif qu'à l'indicatif. Et en ce sens, la critique adressée aux lois ne débouche sur aucun projet d'utopie. Pour autant, il ne s'agit pas purement et simplement de se soumettre aux circonstances, mais plutôt d'agir à l'intérieur du **rôle** que le destin nous impartit comme un interprète libre et digne qui ne se laisse pas réduire à sa fonction, à son personnage, ni ne subit ce qui l'affecte. Être stoïcien, c'est faire ce que font tous les autres hommes, mais pas comme tout le monde.

b. Loi naturelle et personne morale

Surtout, si la cité idéale n'est pas celle qui se trouve fondée sur les lois conventionnelles inventées par les hommes, elle existe néanmoins en réalité. Cette cité, les stoïciens l'appellent la « cité cosmique », autrement dit le monde des hommes abstraction faite de leur appartenance à telle ou telle cité. Pour la première fois dans l'histoire de la philosophie est énoncée la notion d'un droit cosmique et naturel, d'une légalité universelle. Par justice, les stoïciens entendent ce qui gouverne les relations morales des hommes. Et ces lois sont les mêmes pour tous en vertu de la cohésion naturelle.

Ainsi, alors que la cité platonicienne restait fondée sur l'inégalité, la cité stoïcienne est fondée sur l'égalité. La cité idéale est la cité naturelle, parce que les lois naturelles s'appliquent à tous comme à chacun. Avec le stoïcisme, **la notion de personne morale est née**. L'homme est bel et bien membre de la cité cosmique avant d'appartenir à telle ou telle cité ! L'identité naturelle des hommes en tant qu'êtres de raison fonde leur égalité juridique. C'est à l'époque romaine que s'exprime enfin clairement cette idée d'une supériorité du droit humain sur tout autre droit civil.

● Filiations : on pourra retenir que la tradition cosmopolitique qui trouve son origine dans le cynisme (▶ **chapitre 3**) se poursuit dans le stoïcisme et triomphe au XVIIIe siècle avec l'idée d'un droit universel (▶ **mémo n° 8, chapitre 6**).

CHRONOLOGIE DES STOÏCIENS

Ancien stoïcisme	Moyen stoïcisme	Stoïcisme impérial
Athènes. **Zénon de Cittium** (336-262) fonde l'École vers 300 av. J.-C., après avoir suivi les leçons de Cratès le Cynique et de Stiplon le Mégarique.	Le stoïcisme se latinise en même temps que Rome s'hellénise. **Diogène le Babylonien** (240-150) tient à Rome des conférences qui révèlent la doctrine aux romains.	École de pensée indépendante persécutée sous Tibère et sous Néron. Ainsi, **Sénèque** (4 av. J.-C.-65 ap. J.-C.) se suicide sur l'ordre de Néron dont il fut le précepteur.
Cléanthe (331-232), élève dévoué de Zénon, il dirige l'École à la mort du maître.	**Antipater de Tarse**, un des nombreux élèves de Diogène de Babylone, lui succède. Il se suicide en 136.	**Musonius Rufus** (25-80) enseigne à Rome avant d'être exilé par Néron. **Epictète** (50 -130) suit ses leçons. Exilé en 90.
Chrysippe (280-210), élève de Cléanthe auquel il succède à la tête du Portique. Écrit plus de 700 ouvrages. Un des piliers de l'École : « Sans Chrisippe pas de Portique ». Il donne au stoïcisme sa rigueur systématique. Son œuvre s'identifie avec le stoïcisme ancien marqué par son intellectualisme.	**Panétius de Rhodes** (185-112), ambassadeur à Rome, ami de Scipion, son enseignement est très influent. De retour à Athènes en 109 pour y diriger l'École. **Posidonius d'Apamée** (135-51) fut son élève. Grand voyageur. Maître de Cicéron. Œuvre considérable.	Avec **Marc-Aurèle** (121-180), empereur romain, le stoïcisme ancien connaît son dernier épanouissement. Ses *Pensées*, où s'exprime un pessimisme qui lui est propre, sont le témoignage d'une méditation personnelle qui privilégie la dimension éthique du stoïcisme, devenant avant tout pour la postérité une règle de vie.

Lorsque Aristote (384-322) débarque de Stagire, où il est né, à Athènes pour y suivre l'enseignement de Platon à l'Académie, il n'est âgé que de dix-sept ou dix-huit ans. Durant près de vingt ans, il fréquente l'institution, d'abord comme étudiant, puis comme chargé d'enseignement. A la mort du maître, il abandonne l'Académie pour fonder un établissement rival, le **Lycée**, où se constitue le corpus aristotélicien, œuvre immense, essentiellement constituée de notes de cours, retranscrites par ses disciples successifs. C'est ainsi que nous est parvenue une **véritable encyclopédie** qui ordonne les connaissances de son temps.

1. GENÈSE DE L'EMPIRISME ARISTOTÉLICIEN

A. COMMENT ARISTOTE EST DEVENU ARISTOTE

a. Un discours sur le sensible

Aristote a cessé d'être strictement platonicien dès lors qu'il commence à porter son attention sur ce dont Platon se défiait le plus : le sensible. En effet, tandis que Platon nous invite à nous dégager par degrés du monde sensible, et considère qu'il ne peut y avoir de science qu'idéale, régnant sur les âmes et les cités, Aristote se demande s'il est nécessaire d'estimer que, puisque « cela bouge », cela n'est pas pensable. Aristote cherche à savoir si, tout de même, il ne serait pas possible de fonder une science de la nature. En somme, n'y aurait-il pas dans l'univers matériel un ordre, bref une rationalité, que Platon aurait transposé dans son monde des idées ? Faut-il situer l'intelligible dans une pure transcendance ?

b. Renouer avec la tradition des « physiciens »

Avec cette question, et porté par une curiosité naturelle pour les choses de la nature, Aristote s'affranchit de la tutelle idéaliste, sans pour autant emprunter la voie du subjectivisme, condamnée par Platon. Il tenterait plutôt de renouer le fil interrompu d'une tradition présocratique qui avait eu l'intuition confuse d'un ordre de la nature. Les penseurs qui précédèrent Socrate, et qu'on qualifiait de « physiciens » (*phusiologoi*, étymologiquement « **auteurs d'un discours sur la nature** »), avaient déjà tenté, en effet, de représenter l'univers sous la forme d'un cosmos, autrement dit d'un ordre (sens du mot grec **cosmos**) que l'esprit puisse saisir. Il s'agissait, en somme, de « sauver les phénomènes », c'est-à-dire de formuler des théories explicatives des mouvements physiques, s'accordant avec l'observation. C'est ainsi que Thalès (VIIᵉ-VIᵉ siècle av. J.-C.), géomètre, astronome, considéré par Aristote comme le premier des philosophes, est l'auteur d'une **physiologie** selon laquelle toute réalité procède d'une *archè*, ou principe matériel, qui est l'eau. Pour d'autres, comme Anaximène, ce serait l'air. Quel que soit le principe premier retenu, l'idée géniale de ces philosophes présocratiques est d'avoir pensé l'univers comme un tout unifié, régi par les seules forces naturelles. Leur physiologie est un matérialisme avant la lettre. Dans cette lignée, qui remonte bien avant Platon, et dans l'espoir d'achever bientôt la philosophie, Aristote devient Aristote en tentant d'**établir les conditions de possibilité d'une connaissance authentiquement rationnelle du seul monde dans lequel nous sommes et nous nous mouvons, de celui qu'on dit « matériel ».**

B. CONSTITUTION DES GRANDS CONCEPTS

a. La matière et la forme

Quel monde habitons-nous ? Un monde fait de matière, certes ; mais la matière telle qu'elle s'offre à notre expérience n'est pas le chaos. De même que nos maisons sont faites de matériaux qui sont ordonnés en vue de son usage, de même toute chose dans la nature est composée d'une matière organisée. La **matière** (en grec *hulè*) dont est faite une maison, d'abord informe (tas de pierres, mortier, bois, etc.), prend la **forme** (en grec : *morphè*) d'une maison. La matière et la forme sont ainsi pour Aristote les deux principes à partir desquels vient à l'être un sujet individuel qu'il appelle une **substance** (*ousia*). Dans l'expérience, nous ne rencontrons jamais que de telles substances, et non de la matière informe.

Or, la matière dont est composée une substance particulière peut être identique à celle qui compose une autre substance. Par exemple, la matière dont telle chaise est faite (bois) est la même que celle dont est fait tel piano. **Ce qui rend possible la reconnaissance d'une substance, c'est donc sa forme particulière.** Par forme, Aristote n'entend pas simplement, comme aujourd'hui, style ou contour, mais l'ensemble de ce qui destine une substance à tel usage particulier.

b. La puissance et l'acte

Ainsi, le bois en tant que matière est **en puissance** chaise ou piano. C'est l'art de l'artisan qui le fera devenir chaise ou piano. L'artisan donne forme à ce qui existe en puissance : dans le vocabulaire aristotélicien, on dira qu'il l'actualise, qu'il fait être **en acte** ce qui n'était qu'en puissance. Aristote explique que la forme est l'acte de la matière : il veut dire par là que la forme est ce qui permet à une substance d'être ce qu'elle est, en lui assignant sa finalité ; une chaise est **faite pour** s'asseoir, un piano est fait pour un autre usage. La matière est donc conçue par Aristote comme pure disponibilité ; elle est ceci ou cela en puissance. Or, dans l'expérience nous ne rencontrons jamais de la matière pure (« sentir », c'est déjà recevoir seulement la forme sans la matière : « Le sens est comme la cire qui reçoit l'empreinte de l'anneau sans le fer ni l'or »). Même le bois dont la chaise sera faite, et qui s'actualisera en chaise, se présente à nos sens déjà pourvu d'une forme : une branche, un tronc. De même ce bloc de marbre dont on pourra faire aussi bien une sculpture qu'un lavabo n'est pas absolument sans forme. **Tout ce qui s'offre à nos sens est déjà substance**, ce qu'Aristote appelle des « matières secondes » (bois, marbre, métal, etc.). La matière prime, la matière première, en deçà des matières différentes dont sont faites les différentes substances, la même pour toutes, n'est susceptible d'aucune expérience. **Or, la nature dont Aristote prétend élaborer la science est bel et bien celle de notre expérience : une matière qu'on peut observer sous telle ou telle forme. En effet, la forme d'une substance est ce par quoi nous pouvons la connaître, en même temps qu'elle est ce par quoi nous en avons l'expérience.** La physique est la science des objets de l'expérience (elle est empirique). La connaissance de ce dont nous n'avons pas d'expérience est la métaphysique.

c. L'empirisme aristotélicien

Il n'y a donc plus, comme c'était le cas pour Platon (▶ **chapitre 6**), rupture entre le sensible et l'intelligible, mais au contraire continuité. C'est en ce sens qu'on peut opposer l'idéalisme platonicien à l'empirisme aristotélicien. Aristote veut rendre compte rationnellement des multiples changements que subissent les êtres tels qu'ils tombent sous nos sens grâce à ces grands concepts : **matière et forme, acte et puissance, substance et accidents** (les modifications qui peuvent advenir ou ne pas advenir à une substance sont dites accidentelles : par exemple, cela ne modifie en rien la substance d'une chaise qu'elle soit bleue ou jaune).

2. TRIOMPHE DE L'EXPLICATION FINALISTE

A. L'EXPLICATION DU MOUVEMENT

C'est donc pour Aristote la forme qui fait qu'une substance est ce qu'elle est. La matière est indétermination. C'est elle qui est le sujet du changement. Or, qu'est-ce que le mouvement sinon le passage de la puissance à l'acte ? Ainsi, grâce à ces grands concepts il devient possible d'expliquer les choses soumises au mouvement. Le tout est de saisir la cause de celui-ci.

Partons d'un exemple : tel homme, X, est lettré, alors qu'il était illettré au départ. Si je le considère en tant que substance, une chose demeure en permanence : sa matière. Or, ce n'est pas elle qui de soi a provoqué un tel changement. X aurait pu rester illettré. Il n'était lettré qu'en puissance, virtuellement. Mais, d'un autre côté, un âne est bien un animal, tout comme X, sans pour autant détenir, par nature, la puissance de devenir lettré. **C'est donc dans la nature de la substance qu'il faut chercher la cause du changement.** Tout mouvement est actualisation d'une puissance. Si une pierre lancée en l'air retombe, ce mouvement s'explique par la nature de cette substance : une pierre contient en elle la virtualité de tomber, puissance qui peut ne pas s'actualiser si elle est retenue. De même, X est en puissance lettré, même s'il peut rester sa vie durant illettré, ses facultés n'étant pas exercées. Ou encore : comment s'explique le mouvement des astres ? Par le fait que s'actualise en eux ce qu'ils sont en puissance, c'est-à-dire en définitive par la nature de leur substance : l'éther dont ils sont faits a pour nature de toujours se mouvoir. Les astres bougent parce qu'ils sont habités par une âme automotrice. Le mouvement de tout corps naturel s'explique donc par la qualité qui lui est propre de pouvoir tendre vers telle fin (et qui le définit comme substance). Un phénomène donné s'explique par un phénomène à venir.

Ce type d'explication est dit **finaliste**. La nature d'une chose est le principe de réalisation de cette chose, autrement dit la fin en fonction de laquelle elle se développe.

B. LE FINALISME ARISTOTÉLICIEN

a. Les quatre causes

La physique d'Aristote est finaliste dans la mesure où elle fait connaître les phénomènes comme moyens en vue d'une fin. On explique le mouvement par le but en vue duquel il s'accomplit. Or cette fin est comprise dans la nature d'une chose. On appelle cette fin « **cause finale** ». Ainsi, qu'est-ce qui est cause de cette sculpture, par exemple ? Le but en vue duquel s'accomplit la transformation de ce bloc de marbre en une sculpture de telle forme.

Comment Aristote en vient-il à expliquer les phénomènes naturels sous l'angle de la cause finale ? En la distinguant d'autres types de causes. Si l'on considère, par exemple, une maison, les matériaux qui la composent sont sa **cause matérielle**. L'activité des différents artisans dispensée dans l'opération qui consiste à la construire constitue bien une autre cause qu'Aristote appelle **cause efficiente**. Mais ni la cause matérielle (de la pierre, on peut aussi bien faire une colonne qu'une sculpture !), ni la cause efficiente (les ouvriers auraient pu travailler en vue d'un autre type d'habitation que celle qu'ils construisent !) n'expliquent ce qu'est cette maison particulière. Cette construction doit ce qu'elle est, en réalité, à l'opération de l'architecte qui constitue ce qu'Aristote appelle sa **cause formelle**. Or, la cause formelle porte avec elle le but visé, la **cause finale** : réaliser tel domicile. La cause finale d'une chose permet donc bien d'expliquer ce qu'est une chose, et ce qui fait qu'elle est ce qu'elle est et pas autre chose, autrement dit sa nature.

b. Un modèle d'explication

Or, Aristote comprend toute production selon ce modèle. Ainsi, le chêne explique le gland. Sa définition de l'homme peut être aussi qualifiée de finaliste. En effet, définir la nature de l'homme, c'est dire pour quoi il est fait, autrement dit quelle est sa fonction propre. La fonction propre de l'homme est de penser. En d'autres termes, c'est en exerçant sa faculté de penser que l'homme actualise sa nature (▶ **3, A**).

La nature de toute chose se définit par sa destination (son *ergon*). La distinction essentielle entre le vivant et l'inanimé est, pour Aristote, que le vivant comporte **en lui** le principe de son mouvement : ce qu'Aristote appelle une âme. Ame et vie sont ici synonymes. Ame signifie « souffle vital », ce qu'on traduit en latin par **anima**, et non par *animus*, qui signifie plutôt raison. C'est d'ailleurs sous le titre latin de *De anima* qu'on connaît la conception aristotélicienne du vivant, qui fera autorité durant près de vingt siècles, jusqu'à ce que la science de l'âge classique la batte en brèche (▶ **mémo n° 8**).

C. LE VITALISME ARISTOTÉLICIEN

a. La nature ne fait rien en vain

Le vitalisme est la doctrine selon laquelle la matière participe à la vie. L'âme est le principe du mouvement et de la sensation, donc de la vie. Elle est absolument solidaire du corps. C'est elle qui donne forme à la matière dans laquelle elle se trouve. L'âme est l'entéléchie (énergie agissante) première d'un corps naturel organisé : l'acte premier d'un corps ayant la vie en puissance. Bref, l'âme-forme **anime**.

Le vitalisme est lié au finalisme : il substitue à une causalité aveugle une causalité qui est déterminée par un but, **ce qui revient à prêter à la nature une intention**. Ainsi, « la nature ne fait rien en vain », tout être naturel est produit en vue de quelque fin. Les feuilles sont produites **en vue d'**abriter le fruit. C'est par une impulsion naturelle que les plantes font des feuilles à cette fin et dirigent leurs racines vers le bas **en vue de** la nourriture. Cette causalité finale est à l'œuvre partout : chaque être contient en lui-même un principe de mouvement et de fixité ; les êtres vivants se développent et dépérissent (mouvement), et ils engendrent des êtres semblables à eux (fixité).

b. La fonction crée l'organe

Un corps est vivant **parce qu'**il possède un âme (disparition de l'âme = mort) sans laquelle il n'aurait la vie qu'en puissance. La vie (l'âme) est donc le **projet** du corps ; elle est processus d'organisation. Aristote insiste là sur la vitalité de la vie, sa spontanéité créatrice. Ainsi, le vitalisme aristotélicien affirme-t-il le primat de la fonction sur l'organe. « **La fonction crée l'organe** », autrement dit la fin explique la structure (ce que remet en cause la biologie contemporaine). Pour Aristote, l'homme a des mains parce qu'il est intelligent.

On remarquera que les êtres vivants manifestent l'existence d'une force vitale qui échappe à toute saisie expérimentale. Ils ne sont donc pas réductibles à de simples phénomènes physico-chimiques (▶ **mémo n° 8**), ce qui implique la **spécificité des phénomènes vitaux**. Cette conception a duré tant de siècles qu'il faudra attendre la révolution galiléenne pour que le vivant ne soit plus considéré comme « un empire dans un empire », pour reprendre l'expression de Spinoza (▶ **mémo n° 8, chapitre 2**).

En définitive, pour Aristote l'âme est au corps ce que la vue est à l'œil, c'est-à-dire l'aptitude à remplir une fonction. C'est l'âme qui meut les organes dont le corps est doté : elle est la forme du corps. Or, l'âme a des facultés diverses : nutrition, reproduction, sensibilité, faculté de déplacement et raison (pensée). Cependant, **revient à l'homme le privilège de posséder tous les niveaux de cette âme complexe.**

3. L'HUMANISME ARISTOTÉLICIEN

A. L'HOMME EST FAIT POUR PENSER

Définir la nature de l'homme revient donc à définir sa fonction propre, qui le distingue de tous les autres êtres : penser. C'est ainsi qu'Aristote définit une substance par la forme qui lui est propre et qui porte en elle sa finalité. Pour Aristote, dire qu'il est **dans la nature de** l'homme de penser et dire que l'homme est **fait pour** penser sont une même chose.

Répondre à la question de **savoir ce qu'on va faire de sa vie suppose qu'on connaisse la fin dernière de l'homme**. Le tout est de savoir quelle vie me permet le mieux d'exercer ma nature. Une vie de travail ? **Le travail déforme le corps et l'âme.** C'est une activité aliénante (au sens étymologique) dans la mesure où c'est une activité **en vue d'une autre**, une activité qui n'est pas à elle-même sa propre fin. On travaille **pour** assurer sa subsistance. Une vie de jeu ? Pas davantage. Les esclaves aussi jouent pour se divertir, se reposer des fatigues du travail. **Le jeu n'est que relâchement de l'âme et du corps.** Il ne peut être considéré comme une fin en soi (il n'est d'ailleurs souvent **qu'un moyen de récupérer**). Alors, si dans le travail on perd sa vie à la gagner, et si dans le jeu (ce qu'aujourd'hui on appellerait les « loisirs ») on ne fait jamais que se détendre, quelle vie est digne d'un homme ?

La réponse donnée par Aristote à cette question est celle d'un humaniste qui conçoit l'homme en sa dignité d'homme : libre, autrement dit jamais asservi à des activités qui le rendent comme étranger à lui-même.

B. LA *SKOLÊ*

L'homme n'est vraiment homme qu'en **cet espace de temps affranchi de toute espèce de contraintes extérieures**, qu'Aristote appelle **skolê**. On a coutume de traduire *skolê* par loisir, mais il faut alors distinguer le sens aristotélicien de ce terme du sens qu'on lui donne aujourd'hui. Le loisir n'est pas du tout le jeu, mais un temps libre au sens plein, c'est-à-dire **le temps d'une activité qui est à elle-même sa propre fin**. Une activité est aliénée quand elle s'effectue en vue d'une autre (*alienus* = autre, en latin). Par exemple, on travaille pour se nourrir. Un homme est libre quand dans son activité il ne s'abîme ni ne s'oublie, mais s'accomplit, **se forme**. Le temps de la *skolê* est consacré à **la formation de mon essence**, autrement dit au développement de ce qu'il y a en moi de meilleur : le *logos*.

Si l'apprentissage de la musique doit entrer dans l'éducation de l'homme libre, c'est qu'elle développe en lui le **sens de l'harmonie**. Il en va de même du dessin (qui développe le sens de la perspective) et de la gymnastique. Il n'y a rien dans cette dernière pratique de sportif au sens actuel ! Notre sport déforme (il y a une médecine du sport), il est compétition, dépassement, en un mot travail ou spectacle, mais jamais loisir au sens aristotélicien. La gymnastique au sens grec (et non soviétique !) est à elle-même sa propre fin dans la mesure où elle développe le **sens inné de la mesure** qui est en nous.

Ainsi se constitue l'humanisme aristotélicien qui invite chacun au meilleur exercice possible de l'activité proprement humaine. « Le Bien, pour l'homme, consiste dans une activité de l'âme en accord avec son excellence. » Il s'agit pour nous, autant que nous le pouvons, de **nous former, d'actualiser ce que nous sommes en puissance**. De même que le plaisir est l'achèvement de l'acte, le bonheur couronne une vie consacrée au développement de notre âme intellective.

C. SAGESSE ET PRUDENCE

a. Le bonheur dans la mesure du possible

Il faut du temps pour réussir sa vie, pour accomplir pleinement son *ergon* (sa destination), pour actualiser son humanité. « Une hirondelle ne fait pas le printemps, ni non plus un seul jour, et pas davantage le bonheur ne s'atteint en une seule journée, ni un bref laps de temps. » Les plaisirs qui n'ont qu'un temps, comme ceux procurés par les honneurs, ne font pas la félicité d'une vie. Certes, Aristote sait bien que le bonheur dépend pour une part d'**un concours avantageux des circonstances**. Il ne prône ni l'ascèse à la mode cynique (▶ **chapitre 3**), ni les rigueurs du ressaisissement à la manière stoïcienne (▶ **chapitre 9**). Là encore, il fait preuve de *réalisme* : un misérable bossu, abandonné de tous et sans enfants, ne saurait être heureux. Cependant, il s'agit moins de compter passivement sur les circonstances que de **savoir « saisir l'occasion »**, c'est-à-dire être capable de se soustraire à l'instabilité du hasard. Or, n'est-ce pas plutôt la contemplation qui nous affranchit des caprices de la fortune ? Certes, dans l'idéal, mais Aristote sait bien que **l'homme ne s'assimile à Dieu qu'autant qu'il est possible**. Bien sûr, il vaudrait mieux pour l'homme qu'il lui suffît d'être sage, mais en fait, il reste livré à la contingence. Aussi doit-il, pour s'assurer une vie sans encombre, vivre avec prudence, qualité définie comme **l'habileté de l'homme vertueux**.

b. La moralité objective

Ainsi s'offre à nous **une autre figure possible de l'excellence humaine** : celle qui consiste, dans ce monde d'imprévisibilité, à **ne pas manquer le Bien**, à agir « de la façon qu'il faut, et **quand il faut** ». La sagesse aristotélicienne échappe donc à tout soupçon d'intellectualisme : contrairement à ce qu'affirmait Platon, connaître le Bien n'implique pas nécessairement le faire. Socrate, en se laissant condamner, a préféré la justice idéale à la justice réelle. Or, la moralité ne peut se nourrir de l'échec : « Il n'est pas permis d'être maladroit lorsque la fin est bonne. » Il nous revient donc d'assurer le succès du Bien, en évitant les contretemps fâcheux de l'imprudence, en usant d'habileté (quitte à emprunter, par exemple, aux sophistes leur rhétorique pour les combattre sur leur terrain). C'est pourquoi le bonheur requiert, outre quelques faveurs divines, non seulement que je veuille le Bien comme fin, mais encore que je comprenne la convenance des moyens propices à sa réalisation.

CONSEILS DE LECTURE

Sur Socrate et le socratisme

BRUN Jean, *Socrate*, Paris, PUF, coll. « Que sais-je ? », n° 899, 1995.

WOLFF Francis, *Socrate*, Paris, PUF, coll. « Philosophies », 1985.

Sur les cyniques

GOULET-CAZÉ Marie-Odile (présenté par), *Les Cyniques grecs. Fragments et témoignages*, Paris, Le Livre de Poche, 1992.

Sur les sceptiques

Les Sceptiques grecs. Textes choisis, Paris, PUF, coll. « Sup », 1989.

Sur l'épicurisme

BRUN Jean, *L'Épicurisme*, Paris, PUF, coll. « Que sais-je ? », n° 810, 1991.

RODIS-LEWIS Geneviève, *Épicure et son école*, Paris, PUF, 1975.

Sur le stoïcisme

BRÉHIER Émile, *Chrysippe et l'ancien stoïcisme*, Paris, PUF et Gordon and Breach, 1951.

GOLDSCHMIDT Victor, *Le Système stoïcien et l'idée de temps*, Paris, Vrin, 1989.

Les Stoïciens (sous la dir. de P.-M. Schuhl), Paris, Gallimard, coll. « La Pléiade ». Introduction à l'étude du stoïcisme par É. Bréhier, 1962.

Sur les sophistes

GUTHRIE W.K.C., *Les Sophistes*, Paris, Payot, 1976.

Les Sophistes, fragments et témoignages, Paris, PUF, coll. « Les grands textes », 1969.

Sur Platon

CHATELET François, *Platon*, Paris, Gallimard, coll. « Folio », 1989.

Platon par lui-même. Textes choisis par Louis Guillermit, Garnier-Flammarion, 1994.

Sur Aristote

ARISTOTE, *Physique et métaphysique*, *Morale et politique*, *L'Analytique*, *Anthropologie*. Quatre tomes de textes choisis, Paris, PUF, coll. « Les grands textes ».

AUBENQUE Pierre, « Aristote », in *Histoire de la philosophie*, vol. I, Paris, Gallimard, coll. « La Pléiade », 1969-1974.

JERPHAGNON Lucien, *Histoire de la pensée. Antiquité et Moyen Age*, Paris, Le Livre de Poche, 1989.

RÉALISATION : ATELIER GRAPHIQUE DES ÉDITIONS DE SEPTEMBRE À PARIS
IMPRESSION : AUBIN IMPRIMEUR À POITIERS
DÉPÔT LÉGAL FÉVRIER 1996. N° 22901 (L 50684)